O MORTO CARREGANDO O VIVO

CARMELO RIBEIRO

O MORTO CARREGANDO O VIVO

Editora
Labrador

Copyright © 2018 de Carmelo Ribeiro
Todos os direitos desta edição reservados à Editora Labrador.

Coordenação editorial
Diana Szylit

Projeto gráfico, diagramação e capa
Felipe Rosa

Revisão
Carolina Caires Coelho
Bonie Santos

Foto da capa
Galyna_Andrushko / https://elements.envato.com

Dados Internacionais de Catalogação na Publicação (CIP)
Andreia de Almeida CRB-8/7889

Ribeiro, Carmelo
   O morto carregando o vivo / Carmelo Ribeiro. -- São Paulo : Labrador, 2018.
   152 p.

ISBN 978-85-87740-07-6

1. Literatura brasileira I. Título.

18-1316   CDD B869

Índice para catálogo sistemático:
1. Literatura brasileira

EDITORA
Labrador

Editora Labrador
Diretor editorial: Daniel Pinsky
Rua Dr. José Elias, 520 – Alto da Lapa
05083-030 – São Paulo – SP
Telefone: +55 (11) 3641-7446
contato@editoralabrador.com.br
www.editoralabrador.com.br

A reprodução de qualquer parte desta obra é ilegal e configura uma apropriação indevida dos direitos intelectuais e patrimoniais do autor.

Para Antônio Pedro e Gabriel

*Quando eu morrer me enterrem
dentro do coração de meu pai.*
Amarildo Anzolin

[I]

— Tom, espera... ... ...Fala comigo, espera, foi só de brincadeira ... Tom, espera ... Tom, deixa de besteira, que tolice ... Tom, escuta, eu te deixo me bater ... Eu te deixo me bater na cara.

Antônio Leite estancou o passo em que ia e parou diante do irmão um ano mais velho. O irmão o olhou ansioso e deixou que o mais jovem o esmurrasse no rosto, o que fez com tanta força que José Leite acabou com o beiço partido.

Era o preço das pazes, pois o irmão mais velho sabia que Antônio Leite era mais teimoso que um barbatão, e tudo por quê? Porque, manhãzinha, quando os dois foram mijar, ele notara "outra vez" que o irmão tinha um culhão maior que o outro e o chamara de aleijado, dizendo que Raimundo de Ciço de Rosa nunca deixaria ele se casar com sua filha Rita se soubesse da tara.

José Leite pagou caro pela brincadeira, e quando os dois conseguiram dormida na casa de um vaqueiro, depois de contarem a história de toda vez, teve dificuldade para mentir de maneira convincente sobre o beiço partido.

E mentiu sem que fosse perguntado, porque o anfitrião era um caboclo de poucas palavras.

Portanto, comeram constrangidos diante do vaqueiro que espantou as filhas e até mesmo a mulher, assim que ela serviu os rapazes, e só depois de explicar onde os irmãos dormiriam, para partirem ao quebrar da barra, perguntou por que o rapaz mais velho chamava o mais moço de Tom.

— Não sei, mas meu finado pai dizia que no tempo de eu menino eu não conseguia falar Antõe. Ou Tonho. Hoje consigo, mas me acostumei a falar Tom. É costume em que muita gente põe reparo.

O vaqueiro olhou os dois rapazes que se consideravam

homens porque tinham que se vingar e percebeu que não passavam de dois meninos. Nem barbados eram, exibiam só uns fios ralos no rosto, que eram mais buço que bigode.

O vaqueiro Antônio do Monte conhecia mulheres de caras mais peludas que a dos rapazes.

E os fitou de novo, com pena: eram dois defuntos.

Mas só depois de, na manhã seguinte, refeitos pelo sono e por uma generosa porção de coalhada, seguirem pela ribeira do Piranhas à procura de sua presa, Antônio Leite, que era capaz de passar mais de uma semana sem falar e sem sentir necessidade de dizer uma palavra sequer — para desespero do irmão tagarela —, despejou o que lhe vinha no peito:

— Não gosto que me olhem daquele jeito.

— O homem nos abriu a porta. Deu casa e comida.

— E teve pena de nós. Eu não preciso de pena. Se tu precisas de pena, eu não sei. Eu não preciso. Eu sou Antônio Leite e não preciso da piedade de vaqueiro nenhum.

— Tom, Tom, tu és muito orgulhoso, muito absoluto. É fácil ser orgulhoso com o bucho cheio... O que foi? Te abespinhastes de novo? Não acredito.

— Não me abespinhei, mas poderia.

— És mesmo um tolo. Como podes ser assim?

— Não preciso de ti. Já disse que não preciso de ti. O que jurei fazer faço sozinho.

— Começarias o mundo sozinho?

— Mesmo com um culhão maior que o outro, faria e faço sozinho o que jurei.

— Foi só uma brincadeira.

— Não atiro com os culhões. Sabes que não atiro com os culhões?

— Sei que és um tolo... ... ...Um tolo de barriga cheia.

— Não gostei do jeito como aquele vaqueiro me olhou. Não gosto que tenham pena de mim. Não sou nenhum coitado.

— Tom, tu viste as moças?
— Que moças?
— És mesmo um tolo.
— Eram meninas.
— Eram moças. Uma delas olhou pra mim. Tenho certeza.
— Olhou. Acho até que te chamou e disse: "José, vem me tirar os tampos".
— Os tampos? ... Tu não sabes o que é isso. És donzelo.
— Pelo que sei, tu também.
— Eu tenho alguma experiência.
— Pelo pouco que sei, mão não é mulher. Galinha não é mulher. Cabra não é mulher. Jumenta não é mulher. Doida não é mulher.
— Tom, às vezes eu prefiro quando te calas.

[II]

Os bruguelos de Francisco Leite caminhavam, caminhavam, desde o sucesso que caminhavam sem parar, à cata de um negro fujão, como disseram na venda daquele arruado, naquela ponta de rua onde se embebedaram a primeira vez e tornaram público seu desatino. Foi em Trambeque, um cu de mundo escondido por trás de uma serra.

Chegaram à baiuca e foram olhados de cima a baixo pelos homens, pois estavam armados ostensivamente. Pediram cachaça. Antônio bebeu sem fazer careta; José Leite, no entanto, não aguentou tomar a dose até o fim.

O bodegueiro fizera de ruindade mesmo, colocara uma dose desproposistada, suficiente pra tontear um galalau.

Os dois pediram outra dose e só então descansaram os coités, e logo até as moscas se reuniram em torno deles, que começaram fazendo mistério quando indagados sobre a razão de tanta arma:

— Vão pra guerra?
— Vão caçar onça?
— Estamos procurando um negro fujão.
— Vamos matá-lo.
— Vamos lhe arrancar os culhões e jogar para os porcos.
— Negro não é gente.

Os homens riam daquela valentia forçada e achavam graça dos meninos, da tentativa que cada um deles fazia de falar grosso, de se fazer notar por gestos vigorosos e desnecessários, por demonstrarem coragem em cada expressão da face sem rugas, do rosto quase sem pelos.

Os homens gostaram daquele divertimento e os faziam falar, até que Antônio Menininho, que tinha voz de santo e força de cão, sentiu pena dos dois, que serviam de troça, de brinquedo, de desfastio para os homens que matavam o bicho depois de já findo o arremedo de feira do povoado, e como teve pena, resolveu falar, mas desistiu, pois muitas vezes tinha vergonha de abrir a boca porque se constrangia da própria voz, embora ninguém parecesse se importar com o predicado, desde que ele esfaqueara Expedito Burrego, mas quando o menino mais alto e com menos siso sacou a faca e demonstrou — já encachaçado —, em uma pantomina desastrada, o que faria quando capturasse o negro, ele perguntou com sua voz de moça:

— Mas como se chamam? São gente daqui mesmo?

O menino se empertigou e disse:

— Eu me chamo José Leite. Aquele é meu irmão Antônio Leite e o negro é Rio Preto.

Respirou fundo, engoliu cuspe e continuou:

— Podem avisar, podem espalhar pelas estradas, podem pôr a boca no mundo: vou matá-lo. Vou matar aquele negro desgraçado, imundo.

Disse isso de um jeito arrastado, brigando com a língua pastosa, e logo depois caiu de borco no chão.

O irmão mais moço não soube o que fazer, mas quando todos souberam quem eram os meninos, ninguém mais fez troça, não judiaram mais deles e Antônio Menininho os levou pra casa, para que curassem a truaca e seguissem sua sina.

Ele, no lugar dos meninos, faria o mesmo.

[III]

Quando curou a bebedeira, ou melhor, enquanto ainda vomitava sem mão de mulher para acudi-lo, José Leite lembrou-se que, depois de enterrar o pai, Francisco Leite, fez a jura esperada por todos. Jurou, diante da família reunida, que mataria o negro.

Mas, depois, esmoreceu, queria muito que alguém se incumbisse daquele dever, mas todos iam felicitá-lo pela decisão. Levavam facas, pistolas, rangiam os dentes e perguntavam quando ele partiria.

Foi até uma prima, mais de uma, olhá-lo com olhos bons, olhos que diziam que ela toda se abriria para acolhê-lo caso ele cumprisse a promessa, que ficaria feliz por se casar com um homem valente.

Mas a verdade é que, embora arrotasse coragem, esmorecia, amofinava-se, até que o irmão lhe falou com tanto ódio na voz que ele não teve alternativa senão partir, com medo do mundo. O irmão disse:

— Eu vou contigo. Vamos juntos. Vou matar aquele negro e vou capá-lo como se capa um porco.

José Leite teve vergonha de si e não mais tergiversou, partiu em companhia do irmão.

A mãe, meio que ainda alheada das coisas, os abençoou, e eles partiram. José Leite olhava para trás. Antônio Leite não, mas, contagiado pela tenacidade do outro, caminhou resoluto, depois que os parentes os levaram a cavalo além das terras por eles conhecidas, até que o sol esquentou demais e os dois se abrigaram embaixo da copa de um juazeiro.

O mundo era imenso, insondável e hostil.

Embaixo daquele pé de pau, Antônio Leite perguntou:

— Agora iremos pra onde?

— Pra Piancó, onde ele tem uma amásia.

— E onde fica Piancó? Em que direção?

— Não sei, mas a gente pergunta.

Antônio Leite olhou a vastidão, muito além da fazenda onde fora criado, e os caminhozinhos de cabras entre facheiros, macambiras e faveleiras, e percebeu que o irmão era ainda mais estúpido do que ele supunha.

Irritou-se e seguiu um caminho qualquer. O irmão o seguiu, sempre um passo atrás e sempre com uma pergunta para a qual não achava resposta.

Antônio Leite não falou, nem mesmo quando os dois se esconderam em uma furna para dormir e o sono não veio; nem mesmo quando a lua imensa e branca trocou de lugar com o sol e eles tiveram que continuar a caçada ao animal que matara Francisco Leite.

[IV]

Quando saíram da casa do vaqueiro, caminharam para Olho d'Água, onde, souberam, Rio Preto se escondia, e não encontraram nenhum pé de pau frondoso debaixo do qual arranchar. Mas acharam uma loca, uma loca pequena que podia esconder cascavéis e outros animais peçonhentos, por isso ficaram em dúvida se permaneceriam por lá.

Porém, enquanto a dúvida não virava certeza, passaram tempo demais pondo reparo em tudo, até que resolveram descansar, passar a noite ali mesmo, pois já anoitecia. Foi lá que José Leite teve um pesadelo.

Sonhou com o pai.

Desde o sucesso sonhava sempre com o pai, mas os sonhos ficavam cada vez mais frequentes. Daquela vez, quando acordou, quase amanhecia, e ele não quis despertar o irmão. Controlou aquela vontade que tinha, que todo mundo tem, de contar os próprios sonhos, porque sabia que Antônio ou se assustaria ou não daria importância nenhuma ao sonhado, mas o sonho em si não tinha nada de espantoso, pois sonhara o que já acontecera: ele tinha sete anos, o inverno não vinha e o pai, que nunca fora rico, tirava leite da vaca, enquanto ele brincava perto, até que o menino resolveu mexer com o bicho. O pai, sem olhá-lo, falou:

— Não bula com a vaca, não.

Ele mexeu de novo e o pai repetiu:

— Não bula com a vaca, não.

Ele mexeu outra vez e, como o mundo sempre conspirava para dar razão ao pai, a vaca deu-lhe um coice na perna, na coxa. Não foi bem um coice, se tivesse sido ele teria quebrado a perna, mas o chega pra lá o jogou longe e, quando ele ia chorar, o pai o olhou e disse:

— Engula o choro senão apanha.

E ele engoliu o choro, mas a patada doía muito, doeu por mais de uma semana e deixou uma mancha roxa por tanto tempo que ele nem lembrava quando ela apagou-se.

Pensava no sonho ou no dia em que tudo de fato se passou, quando o irmão acordou e lhe disse:

— O que foi?

— Tava pensando em pai. A gente precisa matar aquele negro. Vou matá-lo a tiros, desta vez eu não vou falhar.

— Vamos matá-lo. Não importa como. Importa matar.

— Vamos matá-lo a tiro pra não melar a mão de merda...

— ... Não aguento mais andar e andar e andar. Não aguento mais essa agonia.

— Eu não aguento mais que me olhem como se eu fosse uma criança. Como se eu fosse um coitado. Eu vou matar aquele negro.

— A gente tem que matar logo. Ele tem muitos inimigos. Os Amâncio. Os Gurjão, até mesmo os Tancredo, do sítio Jenipapo. A velha.

— A gente vai matar. O que tem de ser tem força.

E Antônio Leite passou a mão pelo clavinote.

Depois se aviaram e saíram resolutos, com vontade sincera de matar, de destruir, de espezinhar, pois não lhes faltava razão para serem ruins.

Porém, se porventura tivessem contado quantas vezes, naqueles mais de dois anos de caçada, tiveram a mesma conversa; quantas vezes se enfureceram à toa e fizeram cara de mau para os lajedos, até eles perceberiam o quanto eram ridículos.

Rio Preto riria daquela pantomima com que eles tentavam compensar a impotência que sentiam em dar cabo dele, pois, se antes eram motivo de admiração, agora viravam motivo de pilhéria.

Os meninos de Antônio Leite sempre atrasados. Ou estariam com medo?

Antônio Leite não gostava de pensar nessa possibilidade e José Leite se perguntava por que não conseguira atirar quando teve oportunidade.

[V]

Ocorreu alguns meses depois que eles partiram, ainda no termo da vila de Pombal, quando ficaram sabendo, por uns vaqueiros assustados, que o tição estava no sítio Estivas e que de lá seguiria para a fazenda de um amigo, no Rio do Peixe.

Os irmãos logo armaram a emboscada de pontaria dormida no lugar mais adequado para atacar quem saísse do sítio, pois, se os vaqueiros estivessem certos, o bando de Rio Preto teria que passar pelo caminho diante do qual eles se esconderam.

E não poderia haver caminho mais adequado para montar uma emboscada: barranco de um lado, serra do outro.

Portanto, sem precisar procurar muito, eles encontraram pelo menos três lugares para montar a arapuca. Escolheram o mais seguro e lá se esconderam, pois do socavão onde se enfurnaram era possível ver com clareza a estrada e não ser visto por quem viajava por ela.

No primeiro dia permaneceram tão ansiosos que nem comeram nem dormiram direito, esperando o instante de dar cabo do negro.

Mas no segundo dia o cansaço bateu, e assim que raiou o terceiro, José Leite pensou em desistir, pois chegou à conclusão de que os vaqueiros estavam errados ou, quem sabe, na ocasião em que deram a notícia, estivessem apenas fazendo um gracejo, escarnecendo deles, da boa fé dos dois.

Mas Antônio Leite insistiu que ficassem por aquele dia e uma noite. Ficaram. Antônio pastorou a estrada quase a noite inteira e quando, exausto, acordou o irmão para a última vigília, deu-se a grande oportunidade, a maior que tiveram, pois o bando de Rio Preto vinha descansado e sossegado e José Leite logo percebeu o negro agigantado que só podia ser, que era Rio Preto. Preparou a arma, fez pontaria, mas Rio Preto passou e ele não conseguiu atirar e logo tremia e chorava, sentindo dentro de si uma mistura de raiva e medo, sabia lá o que era aquilo? Por fim, se mijou todo e, quando o irmão acordou com a catinga do mijo, ele chorava.

Antônio Leite, para quem um risco quer dizer Francisco, entendeu tudo o que se passara.

Desarmou o irmão e, quando este achava que ganharia, se não um afago, pelo menos uma palavra de conforto, recebeu um murro na cara que o fez acordar do estupor em que se encontrava — para depois sentir o rosto arder com o dichote:

— Boi do cu branco.

Antônio Leite disse aquelas quatro palavras com desprezo, escandindo as sílabas e quase cuspindo, em tom de rosnado. José Leite, ofendido, lançou-se com fúria para cima do irmão.

Os dois se abufelaram e Antônio Leite levou a pior. Apanhou muito, mas não chorou enquanto José Leite batia e chorava.

Depois da briga, o irmão mais moço não falou com o mais velho por quase um mês, até que este o salvou de uma cascavel que estava pronta para dar o bote, em uma furna onde passaram a noite.

Os dois fizeram as pazes, mas José Leite chorou outra vez contando como não conseguira atirar no animal que desfilava bem à sua frente, com ares e empáfia de dono do mundo.

Antônio Leite ouviu, mas não conseguia entender como o irmão, que ele sabia que era valente, deixara passar aquela oportunidade.

E oportunidade como aquela não houve mais, nem mesmo em Teixeira.

[VI]

Antônio Leite era valente. Mataria Rio Preto mesmo que fosse necessário morrer. Mas tinha medo da morte, por isso, embora não dissesse ao irmão, sempre se lembrava de quando, em Patos das Espinharas, vira e ouvira, impressionado, o padre mestre Serafim de Abruzzo pregar sobre a morte. Eram palavras tremendas, que o fizeram quase chorar e depois engolir o choro, mas que lhe puseram um desassossego intermitente na alma, pois o padre dizia e ele lembrava, porque quase não esquecia coisa alguma:

"Considera, cristão, que brevemente hás de morrer; a sentença já se proferiu; o teu corpo há de converter-se em terra, de que foi formado. É forçoso deixar este mundo. A tua alma brevemente entrará pelas portas da eternidade, e o teu corpo brevemente será depositado na sepultura. A morte já está com a espada desembainhada, e a sua hora se aproxima. Todos se acabam com brevidade; a morte não escolhe idade; pois morrem os velhos, morrem os novos, até ainda meninos. Tu, pecador, ignoras o teu último fim, e d'esta sorte vais cair na rede varredoura da morte, assim como o peixe cai na rede do pescador e a ave, no laço do caçador. Qualquer coisa é bastante para tirar-te a vida; uma gota de humor que te desça ao coração; uma veia que se rompa no peito; uma sufocação de tosse; uma forte opressão interna; um fluxo impetuoso de sangue; qualquer bicho venenoso que morda; uma febre, uma picada, um terremoto, um raio, um acidente, finalmente, qualquer coisa que te pode roubar a vida. Quando menos pensares, a morte há de vir sobre ti. Talvez se cortará o fio da tua vida de repente, enquanto estás tecendo ou urdindo teia. Talvez fazendo planos para melhor viver segundo a tua vontade, Deus te chamará a contas. 'Eu virei como o ladrão,' diz Jesus Cristo: 'virei de improviso, às escondidas'. O Senhor avisa-te com tempo, pecador, porque quer salvar-te, e quer achar-te preparado. Pensa bem nestas verdades, pecador, dizendo muitas vezes lá contigo mesmo: 'Eu brevemente hei de morrer, mas não sei como. Hei de morrer, mas não sei onde. Hei de morrer, mas não sei quando. Hei de dar contas a Deus, mas não estou preparado. Quero salvar-me, mas não tenho posto os meios. Ai de mim! Que seria agora de mim se morresse nesta hora? Por certo que estava condenado; logo, se tenho juízo e fé em Jesus Cristo, devo cuidar já, e muito deveras, em salvar a minha alma!...' — Além disto, pensa bem, pecador, neste momento terrível, quando estiveres lutando braço a braço com a morte! Que me dizes? Será então ocasião de conquistar o Reino do Céu, tendo trabalhado até ali sempre com o demônio, sempre pelo inferno? Nessa hora tremenda, os teus parentes, os teus amigos, a tua consorte, os teus filhos se despedirão de ti; com lágrimas nos olhos te dirão adeus até ao dia de juízo. Outros, sem poder dizer uma só palavra, sairão pela porta afora; nessa hora, em tua casa não se verão senão lágrimas, gemidos, tristeza e luto. O Sacerdote, lendo no livro da agonia, mandará a tua alma partir para a eternidade sem demora. E será então ocasião de te preparares e mereceres os bens eternos da glória?... Ai de ti, pecador! Quanto és infeliz! Pois se com tempo não reformas a tua vida, em que ânsias te não verás então? Oprimido com as dores e aflições da morte; agitado com tenebrosos fantasmas; submergido em mortais agonias; aterrado com o grande número e gravidade dos teus pecados; contando já com o rigor da justiça divina, e combatido pelos demônios, então mais terríveis que nunca; que será então de ti, pecador? Como poderás então tratar da tua eterna salvação, se a vida do homem, por mais larga que se considere, é sempre breve para se conseguir negócio tão importante? A morte já com a espada desembainhada sobre o teu pescoço; o inferno aberto debaixo do teu leito; os demônios em roda dele para te arrastares para esses abismos infernais: quem te há de valer então, pecador? Quem há de acudir-te e defender-te desses lobos do inferno?...".

Certa vez em que ia caminhando, como se estivesse em outro mundo, rememorando essas palavras, Antônio Leite foi surpreendido por um som que vinha de longe, mas que logo tomou suas oiças e sua atenção. Era José Leite, que, como um louco, repetia as indecências que tinha escutado na feira do Catolé:

Pica, porra
no tabaco da raposa.
Bota sal, bota pimenta.
Na boceta da jumenta.
Pica, porra
no tabaco da raposa.
Bota sal, bota pimenta
Na boceta da jumenta.

Olhou para ele com os olhos ensandecidos e raivosos do padre mestre, até que José Leite disse:
— Que foi?
— Eu tô rezando.
— Uma hora dessas?
Os olhos do irmão continuavam ameaçadores. Ele, então, se apressou em dizer:
— Vôte. Entonces eu me calo.
E calou-se, de modo que Antônio Leite continuou relembrando o sermão de frei Serafim de Abruzzo:
"Agora o inimigo para te fazer pecar, tudo desculpa, tudo encobre; diz que não há pecado naquela vaidade e divertimento; que pouco importa aquele engano, ou aquele rancor; que não há má tenção naquela conversa amatória; que não é maldade cada um seguir as suas paixões; mas então tudo se descobre, e aparece toda a verdade. Naquela hora, todo o inferno, se for necessário e lhe for permitido, se levantará contra ti. Para te não confessares, dirá um desses inimigos: olha que ainda não morres; ainda tens muito tempo para te confessares; ainda será; agora não cuides nessas cousas, que te fazem agravar a moléstia: e desta sorte talvez morrerás sem confissão. Para te fazer desesperar, dirá outro: agora é escusado confiar em Deus, para sempre não te salvas, porque tu nunca amaste a Deus, nunca o serviste como eras

obrigado; as tuas confissões foram sempre nulas; nunca tiveste uma verdadeira emenda; o teu coração esteve sempre para o mundo, e não para Deus; tu andaste sempre a enganar os confessores, nunca fazias o que lhe prometias; que esperas agora de Deus? — e desta sorte te levará talvez à desesperação. Enganado em vida, enganado também serás na hora da tua morte. Além disto, na hora da morte deixarás todas as criaturas em que tinhas posto o teu coração, o teu amor e afetos; deixarás tudo. A tua alma deixará o corpo, e o corpo será envolvido numa vil mortalha, e daí por um pouco será posto fora de casa, será lançado numa sepultura, para aí apodrecer: os bichos serão teus companheiros; os ossos e caveiras serão a tua cama; e a podridão o teu vestido... Abre uma sepultura, pecador, e verás a que está reduzido aquele rico, aquele poderoso, aquela mulher mundana: tudo é pó, terra, cinza, e nada. Eis aqui onde vêm parar todas as grandezas deste mundo! Considera mais, que a hora da morte é esse momento terrível donde pende toda a eternidade. O homem está para morrer, e por conseguinte para entrar na eternidade; e que eternidade me tocará, poderá dizer o moribundo; será de pena, ou de glória? Será de gostos, ou de tormentos? Será no Céu, ou no inferno? Assim é, pecador moribundo; para onde caíres, para aí ficarás por toda a eternidade. Nessa hora, pecador, abrirás os olhos, e então saberás o que quer dizer inferno, o que quer dizer Céu, que cousa é pecado, que cousa é ofender e desprezar a Deus, que cousa é calar pecados na confissão, que cousa é não restituir alheio, fama ou crédito. Ai de mim! Poderá exclamar o moribundo lá na hora da sua morte. Eu daqui a poucos instantes hei de aparecer diante de Deus para lhe dar conta de toda a minha vida; e que sentença me tocará? Será para o Céu, ou será para o inferno? Será gozar com os Anjos, ou arder com os demônios? Quem sabe se tenho reparado escândalo, restituído aquela fama, ou aqueles bens? Quem sabe se perdoei de coração aquele inimigo? Se confessei bem aquele pecado? Ou se Deus me terá já perdoado? Então detestarás mil vezes aquele dia em que pecaste; detestarás aquele deleite a que te entregaste; mas já não há tempo para remediar tantos males. Ora tu, pecador, se não queres ver-te em semelhantes aflições, ou desesperações, cuida já deveras em salvar a tua alma; para o que recorre a Maria Santíssima, dizendo:

'Minha Mãe Santíssima, rogai ao vosso Jesus por mim; lembrai-vos que nunca se ouviu dizer que se tenha perdido uma alma que a vós fielmente tenha recorrido; por isso recorro a vós, Senhora; intercedei já por mim. Eu bem sei que até agora tenha sido um escravo do demônio; porém hoje me consagro todo a vós para vos honrar e servir em toda a vida; protegei-me pois, minha Mãe, porque os perigos são muitos; os inimigos não dormem, e novas tentações têm de assaltar-me; livrai-me de todos os assaltos do inferno: eu não quero mais pecar, tampouco perder a alma e o Céu; por isso espero de vós todas as graças que me são necessárias para fazer uma boa confissão, emendar toda a culpa e dar-me todo a Deus'".

A força com que o padre dizia as palavras era assombrosa, razão pela qual Antônio Leite, sempre que se lembrava delas, tinha dificuldade para esconder do irmão o medo que sentia. Da vez primeira que as escutara, quase não dormira por uma semana inteira. Mas sempre se acalmava quando repetia a súplica a Nossa Senhora.

Porém, não era em toda ocasião que se lembrava de tudo. Às vezes, apesar da memória prodigiosa, só lembrava o início da pregação: "Considera, cristão, que brevemente hás de morrer; a sentença já se proferiu; o teu corpo há de converter-se em terra, de que foi formado. É forçoso deixar este mundo. A tua alma brevemente entrará pelas portas da eternidade, e o teu corpo brevemente será depositado na sepultura. A morte já está com a espada desembainhada, e a sua hora se aproxima. Todos se acabam com brevidade; a morte não escolhe idade; pois morrem os velhos, morrem os novos, até ainda os meninos".

[VII]

José e Antônio Leite andavam. Conseguiam andar cinco léguas por dia e já não cansavam como no início da caçada e caminhando, vez em quando, conversavam para animar a solidão do mundo.

— Tom, ô, Tom.
— O que foi?
— Tu acreditas mesmo que o negro tem pauta com o cão?
— É preto e ruim como ele.
— Lembra que no Riacho dos Porcos disseram que, em Carnaúba, a tropa de linha cercou ele... ... ...E ele virou pedra ou toco de quixabeira, e quando os soldados desistiram de procurar só ouviram o rincho do jumento.
— É, quando deram fé só ouviram o rincho e sentiram a catinga... Negro fede muito.
— Antônio Menininho não fedia, não...
— ... e em Condado disseram que ele tem um calabrote de jumento também. Ele aleija as donzelas que estrompa. Diz que judia muito delas, depois mata.
— Eu sei disso, esqueceu? Eu ouvi. Eu sei de tudo.
— Eu sei, mas às vezes eu tenho uma gastura de falar. Tu é que nem vô, que passava os dias pitando, sem dizer uma palavra. Eu tenho medo.
— Não diga!
— Mas mesmo com medo, eu vou matar o tição. Eu matava

até o diabo, mas de certas coisas eu tenho medo. Lembra do que a velha disse?
— A história dos ossos?
— É.
— Nessa eu não acredito.
— E não acredita por quê? Se ele matou tanta gente, por que no sítio onde ele se esconde não tem um monte de caveira de quem ele matou?
— Por que ele não mora num lugar só, senão a gente não tava há dois anos andando como alma penada pra mode pegar ele e pagando pelos pecados do mundo.
— Isso é, a gente já tinha achado ele...
— ... quando a gente achar ele, nós vamos judiar muito.
— Não vamos, não.
— Não?
— Não. Eu tive pensando. A gente atira e foge.
— E não fica nem pra dizer uma pilhéria? Nem pra dizer que somos os meninos de Francisco Leite?
— Não. A gente atira e vai embora pra ele morrer sozinho e não ter perigo de a gente morrer também. Tu queres morrer?
— Quero, não. Eu quero casar, botar roça, criar um gadinho.
— Por isso é que a gente atira e sai.
— E se ele tiver mesmo pauta com o cão?
— O cão é mentiroso. É o pai da mentira. Um dia abandona ele.
— ... Ele não tem pauta com cão nenhum, senão não tinha sido preso.
— Mas ele fugiu da cadeia.
— Se tivesse pauta com o cão, não haveria de ser preso.
— Tom, lá em Teixeira, será que dava certo o negócio?
— Claro... O punhal, as alianças valem muito dinheiro.
— É ouro e prata. Prata e ouro. Eu é que vou ficar com as alianças.

— Vai, é direito seu como filho mais velho.
— Por que o filho mais velho tem direito?
— Porque é o filho mais velho.
— Entonces...
— Entonces o quê?
— É uma explicação que não explica, que não explica! Entendeu?
— E pra que explicação pra tudo? Tem coisa que não tem explicação. Nossa mãe. Existe criatura melhor que nossa mãe?
— Se existe, eu não conheço. Talvez Nossa Senhora.
— Entonces por que aquele negro? Aquele pedaço de merda...
— ... Tá vendo? Anda calado. Tu perguntas demais. Pra que perguntar? Atira e pronto.
— É mesmo...
— ... só atirar...
— ... mas às vezes me dá uma gastura de falar.
— Engole a gastura com farinha ou entonces soca ela no cu.
— Tom!...

[VIII]

— Tom. Tom.
— Que é?
— Um dia, o velho Andrelino, Andrelino Gurjão, ia pro roçado. Era ano de chuva muita, aí ele viu Santo Antônio tentando subir num pé de braúna e perguntou: "Ô, Santo Antônio, por que o senhor tá tentando subir nesse pé de árvore?". E Santo Antônio disse: "Pra mode comer goiaba". Aí o velho Andrelino respostou: "Mas Santo Antônio, isso é um pé de braúna, não é um pé de goiaba, não". Entonces Santo Antônio irritou-se, cresceu três palmos da raiva e respondeu: "A goiaba está no meu bolso. É minha e eu como onde eu quiser". Entendeu, Tom?

— E há o quê pra entender?

— Ele disse o que disse e o velho Andrelino ficou espantado: "A goiaba está no meu bolso. É minha e eu como onde eu quiser".

E ao contar a piada ao irmão, José Leite ria a não mais poder. Antônio Leite não ria e acabou dizendo:

— Eu já ouvi essa história. Já me contaste muitas vezes desde que aquele cego pantinzeiro contou em Misericórdia. Eu não quero ouvir mais. Se me contares outra vez, te parto o beiço.

José Leite o olhou como se olha para um tolo, ou melhor, como se olha para alguém que não sabe viver, e seguiu em silêncio.

[IX]

Andaram em silêncio por légua e meia, ou uma légua, quem sabe? Até que José Leite não se conteve e falou:

— Mas Tom, tu não achas graça em nada. Tu não gostas de nada, nem de rir.

— Mas cumpro minhas promessas.

José Leite ainda hesitou, mas o cão miúdo mostrou a língua e ele não resistiu:

— Como aquela de não tocar em negro?

Antônio Leite ficou em silêncio.

José Leite calou-se por alguns passos e depois insistiu:

— Tu não prometeste não tocar em negro?

Antônio Leite virou-se e o socou no rosto. José Leite revidou e os dois caíram no chão, e, como quase sempre acontecia, Antônio Leite levou a pior. Quando os dois se separaram, o irmão mais novo asseou-se como pôde e depois voltou a caminhar, mancando.

José Leite quis pedir desculpas, mas sabia que não adiantava, pois não devia ter falado da promessa, não devia. Falou e por consequência passaria, no mínimo, quatro dias e três noites sem ouvir nenhuma palavra, a não ser que encontrasse alguém pelo caminho, o que não parecia provável, já que estavam deliberadamente buscando fugir dos caminhos mais frequentados; porém, pelo menos agora, caminharia acompanhado da lembrança de Mãenana.

Mãenana era uma negra de um peito só, feia como um desastre, que os irmãos encontraram na serra das Araras, quando Antônio Leite padecia de uma febre de mau caráter e já delirava, carregado pelo irmão. José Leite estava a uma Ave Maria do desespero e Antônio Leite a uma dominga da morte quando foram encontrados, molhados e famintos, por Vicente e Bastião, que os levaram para as furnas, onde três dezenas de negros viviam aquilombados.

Lá quem mandava era Mãenana e por isso ninguém fez violência aos rapazes, mesmo depois que Antônio Leite, tomado de fúria, saltou em cima da negra e tentou furá-la com o punhal. É bem verdade que, embora o menino não oferecesse realmente perigo para a vida de Mãenana, Bastião quase quebrou o pulso do atrevido. Torceu-o mesmo depois que a arma caiu, mas Mãenana não deixou que o surrassem ou o ofendessem e cuidou ela mesma do doente. Antônio Leite a xingava sempre que a doença que o debilitava permitia, e não raro encontrava forças para pelo menos tentar se afastar quando ela teimava em encostar a mão nele.

Fugia dela como de um pedaço de bosta.

Porém, quando o menino já se recuperava, Mãenana disse alguma coisa pra Antônio Leite, alguma coisa que o irmão não ouviu, mas que o fez chorar. José Leite nunca vira o irmão chorar daquela maneira: nem quando o pai lhe batia sem dó, nem quando a mãe o chamava de peste, de bicho ruim, nem mesmo no enterro do pai.

Mas ali, deitado, depois de ouvir o agrado da negra, Antônio Leite chorou e agarrou-se a ela como se fosse um menino pequeno. Chorou que soluçava, que dava pena de ver.

Chorou e depois dormiu.

Quando acordou, não buscou os olhos do irmão, mas mudou de atitude e começou a tratar os negros como se eles fossem gente. Antes de partir, até pediu a benção a Mãenana, como todos faziam.

Ela o abençoou.

José Leite não tocou no assunto por muito tempo, mesmo quando brigaram e brigaram muito nos meses seguintes, mas Antônio Leite não é árvore que dê sombra, portanto, uma vez em que o sangue ferveu, o irmão mais velho, que achava o mais novo absoluto demais, fez gracejo da promessa desfeita e o irmão revidou com a história da tremedeira e da mijada, quando José Leite tivera a chance de meter bala em Rio Preto.

Os dois brigaram como dois danados e, não fosse Brabuleta, o comissaro, poderia a briga ter acabado em morte, mas o comissário volante, que já os conhecia do Barro, de Mauriti, de Venda do Rio Salgado e de Espinharas, os fez sentirem-se envergonhados pela briga, dizendo:

— Mas repara só pra isso, é como Caim e Abel, Ismael e Isaac, Esaú e Jacó, Dom Pedro e Dom Miguel. Enquanto o mundo for mundo, irmão que é irmão há de brigar, até que o Nosso Senhor volte e mande parar a briga.

Os dois se desvencilharam, mas se olharam ainda com raiva, até que Brabuleta continuou:

— Mas não são os filhos de Francisco Leite? Os dois valentões que saíram pelo mundo pra caçar um negro e trazer o couro. O assombro do mundo. Os rapazes de quem todo mundo fala com orgulho, com satisfação. O filho que toda mãe queria. O genro que todo pai quer ter. O ai, Jesus. O ai, minha Nossa Senhora das mocinhas e até das vitalinas ou são dois cachorros da moléstia que não acossam nem um tatu, quanto mais Rio Preto?

Antônio Leite ficou corado de vergonha e os dois, mesmo depois de Brabuleta ir embora, pois seguiam caminhos opostos, passaram quase uma semana sem brigar.

E depois, sempre que brigavam por aquele mesmo motivo, se lembravam de Mãenana e de Brabuleta e acabavam fazendo as pazes, mesmo que demorasse uma semana.

[X]

Nas chãs, nas serras, nas várzeas, nos baixios. Na ribeira do Piranhas, nas vazantes do Piancó, do Sabugi e do Espinharas e até no Pajeú. Até mesmo em Trambeque, que fica bem depois de Teixeira. Na serra do Bongá, na serra das Araras, na serra de Santana, na serra do Mulungu, não havia quem não houvesse ouvido falar de Rio Preto, do nego Luís, escravo do padre Amâncio, que judiava do negro como se o negro fosse o próprio diabo.

Sofreu muito, até que um dia virou cavalo do cão e fugiu e pôs-se a ser o flagelo do mundo. Não respeitava terra, pasto, pé de árvore, alimária e gente. Tudo matava e destruía. Surrava valentes, estuprava mulheres brancas, alvas, fossem casadas, donzelas, vitalinas, velhas e meninas. Deixava-as em tal estado que elas nem podiam sentar, isso quando não as matava.

Arrombava com gosto as pobrezinhas; vez em quando na frente dos maridos, irmãos ou pais que, quando não enlouqueciam, se matavam.

Mas gostava mesmo era de matar, de ver sangue. Sentia o cheiro do medo. Destruía tudo: arrombava açudes, punha abaixo cercas e paliçadas, incendiava, destruía e depois rinchava como um jumento.

O rincho do jumento era sua senha e seu sinal, e servia como aviso aos outros sete espíritos danados que ele arrebanhou, como na parábola das escrituras. O rincho era a linguagem secreta com que se comunicava com os outros demônios, seus companheiros.

Diziam que ele tinha pauta com Satanás, que se encantava em pau e pedra, que sabia vadiá no desafio e que até vencera cantadores de fama, como o Galego do Olho d'Água. Diziam que tinha um calabrote de jumento também e que, quando não judiava muito, fazia até mulheres brancas gozarem como Madalenas; por isso, muitas ex-donzelas o buscavam na solidão dos matos, das grutas e das furnas para sentirem outra vez a natureza do negro no entrepernas.

E era essa besta sadia que os meninos de Francisco Leite iam matar; e por quê? Por que o negro quis desfeitear os Leite, que dominavam a ribeira do Piranhas, e para tal entrou na primeira fazenda que viu e lá perpetrou o crime que os meninos vingariam. Estuprara a mãe deles, Ernestina, e matara o pai, Francisco Leite.

Quando os meninos chegaram à casa em que viviam, acompanhados do vaqueiro Julião, encontraram os poucos móveis revirados, o pai morto e a mãe desmaiada, em uma pose pouco cristã.

Ouviram o rincho do jumento e José Leite, transtornado, jurou vingar a família e matar o negro.

Ninguém os impediu, mas quando os dois partiram para a caçada, pois Antônio Leite, o irmão mais novo, acompanhou o mais velho, os parentes mais sensatos, embora não os tivessem demovido, esperaram, durante muito tempo, a notícia da morte dos dois, mas as notícias que chegavam eram desencontradas e falavam de criancices, de uma coragem tola, pueril, ingênua e de uma boa dose de sorte.

Muitas dessas notícias eram espalhadas por Brabuleta, um

doido, que se dizia comissário volante, embora não vendesse nada e vivesse das histórias que contava, dos sermões que decorava e dos cantadores que levava para onde houvesse festa; e onde houvesse festa em toda ribeira do Piranhas, até a serra do Teixeira, passando por Patos das Espinharas, ele sabia; só não sabia onde encontrar Rio Preto, mas sempre tinha um palpite, em que os meninos acreditavam, pois precisavam seguir adiante, uma vez que matar nego Luís era o que justificava aquelas suas existências desgraçadas de andarilhos infelizes a caçar a morte certa nas mãos do celerado.

[XI]

O nego Luís soube que os meninos de Francisco Leite o caçavam e achou graça; por isso, todas as vezes que se atrevia a arrumar confusão em uma feira ou vadiá em um desafio de viola, sempre perguntava pelos meninos.

Mas o fazia sem deboche, embora com um sorriso nos lábios, exibindo os dentes brancos e inteiros.

Não demorou a que os meninos soubessem que Rio Preto sabia da caçada e não se avexava com isso.

José Leite respirou fundo de raiva quando soube, mas logo depois teve vontade de chorar, e Antônio Leite sentiu um frio na espinha, mas, para disfarçar o medo, deram para falar alto e grosso, e o que diziam era tão falso que por pouco não riram na cara deles. Tiveram bons modos e deixaram para gargalhar quando os dois foram embora da única bodega do arruado de Misericórdia, onde tudo se passou.

E como eles eram sempre motivo de troça, às vezes pesada, evitavam vilas, povoações e arruados, mas de quando em vez tinham vontade de ver gente, de ver moças e não apenas vaqueiros, penitentes, andarilhos e Brabuleta, e de sentir a catinga do negro, nem que fosse por meio de boatos.

Sempre se arrependiam.

Porém, naquela ocasião, em Misericórdia, para não "dar parte de fraco", mandaram avisar a Rio Preto, com voz que julgaram impositiva:

— Digam àquele macaco que vou capá-lo e fazê-lo engolir o calabrote.

Quem falou primeiro foi Antônio Leite.

— Digam que só não vou marcá-lo com ferro quente porque ninguém vai ver a marca dos Leite, já que ele é da cor de um urubu quando avoa — completou o irmão.

E saíram pisando forte, já meio embriagados com uma dose de cachaça e uma fome de um dia e meio.

Ao saírem, eles ainda ouviram as risadas de mofa, mas não escutaram os homens gracejando:

— Se não tivessem ido embora teriam chorado aqui mesmo.

— Eu já estava sentindo a catinga de bosta.

— São duas crianças.

— Duas moças.

— Rio Preto vai comer o cu dos dois e depois vendê-los como mulher-dama.

— O nego vai passar nos peitos a família inteira.

Os irmãos não ouviram o deboche, mas, durante mais de uma semana, imaginaram que alguém contaria suas valentias a Rio Preto e o bandido então juraria que os sangraria como porcos ou os estriparia como se faz a um calango, e não dormiram direito por muitas noites, até que Antônio Leite chegou à conclusão de que, embora houvesse muita gente ruim no mundo, havia muita gente medrosa também, logo não se arriscariam a repetir aquelas afoitezas para Rio Preto.

Antônio Leite comunicou seu pensamento ao irmão, que ponderou e achou que aquilo era algo acertado, e os dois não pensaram mais no assunto.

Estavam certos, por muito tempo ninguém contou nada a Rio Preto.

[XII]

Contaram o acontecido a Brabuleta, que encontraram em uma curva do caminho. Fingiram soberba e desdém ao contarem. Jactaram-se de suas gabolices, mas Brabuleta entendeu tudo muito rápido e os tranquilizou sem que eles percebessem que fazia aquilo de propósito.

Não queria ofendê-los.

Brabuleta era doido, mas nem tanto, e não era mau.

Sobre ele corriam muitas histórias: que chegou a Pombal ainda rapazote, acompanhando Frei Gaspar de Rosora e por isso era sabedor de muita sabedoria e dizedor das profecias do homem santo; outros diziam que era dali mesmo, da povoação de Piancó, e que enlouquecera quando encontrou sua mulherzinha com o próprio irmão.

A mulher estava grávida e ele matou a mulher, o irmão e o serzinho ainda não nascido, mas já taludinho, que ela trazia no bucho, e pôs fogo na casa e soltou os boiotes que criava; depois se perdeu no mundo e voltou mudado depois de muitos anos, mas como ninguém muda de modo absoluto, os mais velhos o reconheceram pelo jeito de andar e pelo jeito de dizer as palavras.

Porém, há quem jure que ele nasceu na Cidade da Paraíba e de lá fugiu por ter roubado uma negra de um senhor ruim.

A negra teria morrido na fuga, razão de sua loucura.

Mas que não viessem agastá-lo, pois, embora um homem de paz e de sorriso, Brabuleta sabia bater e beber como homem.

Não o fizessem de bobo.

E, apesar de louco, era homem em quem se podia confiar. Quisesse alguém mandar um recado de Pombal até Teixeira,

Flores, Patu, desde que não fosse para fazer intriga, para combinar safadeza ou trama de morte, ele ia e o recado era dado.

Brabuleta fez amizade com os irmãos quando os encontrou pela segunda ou terceira vez e os conduziu até Patu.

Os meninos iam desassossegados e tristes.

Haviam emagrecido muito, pareciam doentes, mas em Patu encontraram abrigo na casa dos Oliveiro e, certo dia, sem dar muita importância ao fato, Brabuleta os levou até a capela de Nossa Senhora dos Impossíveis, onde Antônio Leite criou alma nova, depois de fazer uma promessa à santa.

Porém, como Rio Preto não estava lá — lá só chegara a fama do negro agigantado em corpanzil e ruindade —, partiram; mas por algum tempo acompanharam Brabuleta, acompanharam o doido até Jardim do Rio do Peixe e mesmo até a Pedra Talhada, onde, vociferando como Frei Gaspar de Rosora, Brabuleta jurou que ali seria a cama da baleia.

Os meninos perguntaram:

— O que é baleia, Brabuleta?

— É um peixe enorme que tem peito de mulher. A baleia vive no mar que é o maior rio do mundo, mas que não serve pra beber água.

— Por quê?

— Porque a água é salgada.

— Mas se é um peixe, como é que a cama dele vai ser aqui?

— Isso o homem não disse. Mas vai ver o mar vai se derramar aqui por cima, ou então a baleia tá adormecida, por baixo da terra, e, quando se levantar, a terra treme como tremeu na cidade de Lisboa no ano do terremoto.

— E isso vai ser quando?

— No fim das eras. No entretanto, o mundo tá maduro, o fim das eras não tarda.

Brabuleta ainda queria falar mais das profecias, porém José Leite teve medo e mudou de assunto, e logo o doido e os meninos se separaram. O doido seguiu para Flores, pelo caminho de Lagoa da Perdição, e os meninos seguiram para o Boqueirão do Curema, pois em Pedra Talhada, jurou um cigano, tresmalhado de sua gente, esmolambado, mas com um dente de ouro, Rio Preto se escondia ao rededor do boqueirão.

[XIII]

Por que Antônio Leite estava feliz?
Nem mesmo ele sabia.
Porém tinha disso, vez ou outra acordava feliz por nada e aí não parava de falar, ele que quase sempre era de poucas palavras.

Nessas ocasiões, falava muito e rápido. Não respeitava os plurais, a ordem direta, a concordância. Atropelava-se. Às vezes comia metade de cada palavra, trocava as letras. O v pelo f, o p pelo t, o c pelo g. E falava cuspindo e não raro babava.

Lembrava-se de histórias bobas de que o irmão esquecera.
Quem não o conhecesse, acharia que ele estava doido ou possesso quando agia daquela forma.

Mas ninguém o conhecia, a não ser o irmão, que era a única pessoa a quem ele, embora muito raramente, contava os sonhos de ser um grande cantador, ou um grande vagabundo e viver andando como Brabuleta, ou um grande vaqueiro, um valentão de feira, mas sempre grande.

E naquele dia Antônio Leite estava animado.
Falou tanto que, quando se cansou, pôs-se a cantar:

Siá Mariquinha, Maroquinhazinha,
Sua velha casinha nos tempos de amor,
E a ventania de riba da serra,
Pegou a casinha e escangalhou.
Ai, ai, Siá Mariquinha, isto não é brinquedo,

Me diga se a saudade mata,
Se a saudade mata,
Qu'eu já tô com medo.
Minha pobre Mariquinha,
Sua casinha tinha um pé de jatobá,
Onde toda tarde fria sabiá subia,
Pra mode cantar,
E o riacho lá da serra,
Que vinha por terra,
Rodeando a volta,
Ah, quanta saudade morta,
Ninguém dá jeito,
O jeito é cantar.
Siá Mariquinha, Maroquinhazinha,
Sua velha casinha,
Dos tempos de amor,
E a ventania de riba da serra,
Pegou a casinha e escangalhou.
Ai, ai, Siá Mariquinha, isto não é brinquedo,
Me diga se a saudade mata, se a saudade mata,
Qu'eu já tô com medo.

Cantou por tanto tempo, repetiu tanto a moda tristonha, que José Leite não se aguentou e disse:

— Ô, Tom, tu tá de muda?

— De muda?

— É, tua voz tá mudando, por isso tá tão feia.

— Tá muito feia?

— Muito. Ninguém sabe se é homem ou se é mulher. Feia mesmo.

Antônio Leite deixou de cantar, mas silenciou por pouco tempo e só parou de falar quando os dois se sentaram para comer, arranchados por baixo de um pé de juazeiro.

Mas depois de comerem, já de noite, o caçula de Francisco Leite, apesar de cansado de tanto falar — tinha as emendas do queixo com as orelhas doendo —, enxergando a estrada que passava embaixo, pois a árvore ficava em um outeiro; avistando os pés de paus e a lua imensa derramando brilho sobre a solidão do mundo, disse:

— Repara, José, repara, como é bonito o mundo.

José Leite olhou e achou o mundo bonito, mas não tanto que justificasse tamanho sorriso, tamanha felicidade no rosto do irmão, que logo depois saiu do abrigo do juazeiro e deitou de paparriba no chão e quedou-se olhando a lua, como encantado.

José Leite teve medo, às vezes achava que o irmão era doido, tão doido quanto Brabuleta, por isso os dois se entendiam tão bem, era o que por vezes pensava; mas como queria a felicidade que o irmão sentia, correu e deitou-se ao lado dele.

Antônio Leite fitava a lua e as estrelas, o imenso carreiro de Santiago, embevecido, e depois de um silêncio quase insuportável para José Leite, falou:

— Eu ainda me caso com a lua.

— Vôte — disse José Leite, levantando para se arrumar pra dormir, enquanto Antônio Leite sorria.

Antes de dormir, porém, José Leite rezou, bem baixinho, como um menino, a seguinte jaculatória:

— Com Deus me deito, com Deus me levanto.
Com a graça de Deus e a do Divino Espírito Santo.
Salvo fui.
Salvo sou.
Salvo serei.
Com as cinco chaves do santíssimo sacrário me fecharei.
Minha Nossa Senhora me disse que não tivesse medo de nada.
Nem do pesador nem do bicho da mão furada.

Minha Nossa Senhora, me cubra com o seu manto sagrado. — E depois de um tempo, completou:
— Minha Nossa Senhora, interceda pelo meu irmão, que ele é muito leso e não sabe viver.

[XIV]

Antônio Leite e José Leite decidiram não procurar a família durante a caçada. Não queriam auxílio, queriam se vingar sozinhos e assim desafrontar o pai, portanto resolveram evitar as fazendas e os sítios dos Leite, família proprietária de léguas e mais léguas de terra na ribeira do Piranhas, embora a riqueza então se contasse pelo número de cabeças de gado.

É verdade também que, embora não fossem pobres, eram do ramo mais pobre da família, e não queriam pedir favores aos parentes, nem que fosse de água e dormida. Eram muito altivos e absolutos os filhos de Francisco Leite.

Mas, em uma das numerosas ocasiões em que tiveram vontade de voltar pra casa, ainda que soubessem que nunca teriam coragem de voltar se não fosse com a notícia da morte do negro pelas balas dos seus clavinotes, buscaram e encontraram Quixabeira, o sítio de Pascácio Leite e Etelvina Leite.

Pascácio e Etelvina viveram por alguns anos na casa de Francisco Leite, enquanto Etelvina convalescia de uma ferida braba e dependia dos cuidados da mãe dos meninos para não morrer.

Pascácio Leite era tio-avô dos meninos e os tratava como gente, os ouvia, conversava com eles, algo que raramente o avô e, sobretudo, o pai, faziam.

José Leite às vezes se ressentia da rudeza do pai. Antônio Leite não, pois acreditava no que dizia a mãe, que para tornar-se homem é necessário obedecer, mesmo a contragosto, e sem reclamar.

O quarto mandamento já dizia: honrar pai e mãe.

Mas com Pascácio era diferente, por isso os meninos sofreram quando o casal resolveu, curada a moléstia de Etelvina, voltar para Quixabeira, um fim de mundo longe de qualquer caminho, pois nessa época os dois já tinham ciência do destino dos filhos, que, ao levarem um gadinho para a feira de Guarita, acabaram sendo recrutados.

Eram três rapagões fortes. O mais velho resistiu à prisão, ao destino e acabou preso. Morreu de varíola na cadeia da Cidade da Paraíba. Os dois restantes foram embarcados para o Rio de Janeiro e de lá para o sul.

Os pais nunca mais souberam deles.

E preferiram morrer na terra em que haviam sido felizes: Quixabeira, para onde voltaram.

Quando os meninos chegaram lá, adivinharam que o velho era ainda robusto e não tinha morrido, pois havia criação e roçado.

Chegaram de mansinho e sem saber como fazer, fizeram o que faziam sempre que estavam à procura de comida e dormida. Bateram palmas e falaram quase cantando:

— Ô de casa.

— Ô de casa.

Mas, só depois da terceira vez que chamaram, uma voz de homem, uma voz de velho, respondeu:

— Ô de fora.

— Louvado seja Nosso Senhor Jesus Cristo.

— Para sempre seja louvado.

E o velho saiu, a velha permaneceu dentro de casa.

Os meninos acharam o velho muito velho e o velho não reconheceu os meninos que eram dois rapazes, sujos e maltratados pela vida e pelos caminhos.

Os três se encararam sem saber o que dizer, até que Antônio Leite sorriu e o velho reconheceu os dois e gritou:

— Zina, são os meninos de Francisco: Zé e Tóin. Tão crescido.

A velha correu desembestada e quase caiu, pois andava como um menino que mal aprendeu a andar, mas foi ela sair e os meninos de Francisco Leite acreditaram que ainda valia a pena viver.

No entanto, ao saber das tristes notícias, Etelvina, tia Zina, cujo rosto tinha tantas rugas que dava pena, chorou um dia inteiro e choramingou outros dois, enquanto o velho pediu os clavinotes, examinou-os com cuidado e atirou com eles; depois, todo dia ia praticar com os meninos, para saber se eles tinham aprendido direito, pois fora Pascácio quem os ensinara a atirar, quando um tinha sete e o outro, oito anos.

Os meninos passaram uma semana em Quixabeira e durante muito tempo pensaram que a felicidade que sentiram ao chegar não compensou a tristeza de partir, com a roupa limpa, os embornais cheios de matalotagem, um cantil de aguardente, os bolsos repletos de orações fortes, os clavinotes como se fossem novos, pólvora e uma dor do tamanho do mundo.

As últimas palavras do velho ficaram para sempre na cabeça deles:

— Quando derem cabo do infitete, tragam os culhões pra mim, que eu vou comer com fava.

E a da velha também, quando eles pediram a bênção:

— Bença, tia?

— Deus te abençoe. Deus te faça feliz.

No caminho de volta a qualquer lugar onde houvesse notícias de Rio Preto, os meninos encontraram um jeito de brigar para suportar a tristeza, e o mais triste era José Leite, que se lembrava da tremedeira que tivera no momento em que poderia ter enviado Rio Preto para o inferno, embora o irmão não tivesse contado nada a "tio Pascácio".

Porém, a lembrança da covardia o fez chorar. Foi o que Antônio Leite esperava:

— Tu devias usar saias.

Foi o suficiente.

Os irmãos brigaram até não conseguirem mais brigar, e como quase sempre Antônio Leite levou a pior, mas, depois dos sopapos, murros e cabeçadas, a tristeza já era suportável.

[XV]

Não eram apenas os meninos de Francisco Leite que buscavam tirar a vida de Rio Preto. O facínora tinha muitos inimigos, um deles, Josefa Pires de Sá, a velha Josefa, velha ruim que mandava nos filhos, nas filhas e nos netos, que mandava até no marido, quando este era vivo.

A velha era somítica, mesquinha, gananciosa, e pela ribeira do Piranhas corriam histórias inverossímeis do muito dinheiro enterrado que ela ocultava nas fazendas de que era proprietária; mas, como o ouro era bem escondido, ninguém via; porém, as cabeças de gado que todo ano ela fazia descer para a feira de Guarita, todos enxergavam, e foi parte desse gado, do gado destinado a virar ouro, que Rio Preto roubou quando a tropa deixava a fazenda Acauã.

Ouro atrai desgraça.

Quando teve ciência do roubo, a velha mandou matar o bandido, e quando Rio Preto soube que, para se vingar, a velha tinha contratado um tocaieiro de pé de pau para tirar-lhe a vida, sempre que encontrava ocasião matava, também por maldade, o gado com a marca da velha, surrava os vaqueiros dos Pires de Sá e causava todo tipo de tropelia entre a gente da bruaca.

Mas a velha não desistia, embora, por mais que fizesse, não conseguisse dar cabo de Rio Preto, mas não desistia, era renitente, sempre inventava uma cascavelice nova para tirar a vida do desaforado; por isso, quando soube que os filhos de Francisco Leite o caçavam com sangue nos olhos, encarregou um dos seus genros, Estrela, o mais inútil e metido a valente, para fazer o serviço.

Se o perdesse não perderia muita coisa.

Não perderia coisa nenhuma.

Estrela fez o maior estardalhaço. Anunciou aos quatro ventos que tiraria o couro de Rio Preto ou o traria peado como um burro. Escolheu dois peitos largos, que impressionavam pela altura e pela cara de assassinos, e mais um escravo, para servi-lo, e foi à caça.

Sempre que o terreno permitia, montava a cavalo, porém, ao contrário dos meninos, quase sempre evitava os caminhos de Rio Preto, mas não perdia feira, novena e bodega para arrotar valentia.

Quando alguém perguntava se não temia que os meninos de Francisco Leite dessem fim ao negro antes dele, de quando em vez dizia não ter tempo a perder com crianças e de vez em quando afirmava colérico que daria uma pisa nos dois e acusava os irmãos de passarem longe dos lugares em que Rio Preto atacava.

José e Antônio Leite souberam do desaforo, porque morte, bexiga e fuxico estão em toda parte do mundo, mas não se aborreceram demasiado, porque embora estivessem sempre atrasados nunca haviam descoberto nem um fio de cabelo de Estrela nos lugares em que Rio Preto havia deixado seu rastro de desgraças. Mas não se esqueceram de pedir, em suas orações, para encontrar Rio Preto antes do genro da velha, e ponderavam com Deus que o ultraje deles fora maior.

E Deus, por linhas tortas, atendeu a oração dos meninos porque o bando de Rio Preto, que nessa época era formado de quatro cabras dispostos, mais o chefe, deu de frente, em um pé de serra, com Estrela e seus peitos largos.

Ao vê-los, Rio Preto zurrou, e dizem que Estrela respondeu o chamado com o cu, de tanto medo que teve, mas não viveu muito depois disso, pois sequer encontrou tempo de atirar e já levava um balaço nos peitos.

Os mesmos destinos tiveram seus dois peitos largos. O cativo, porém, conhecido por Janjão, como não ofereceu perigo, não foi molestado e ainda entrou para o bando de Rio Preto.

E do sucesso, ou de parte dele, logo ficaram sabendo os meninos, que encontraram os cadáveres. O de Estrela tinto de sangue e sujo de bosta.

A velha Josefa soube depois e mandou vir do Pajeú outro tocaieiro de pé de pau, o contratou e rezou para que ele não tivesse o fim do primeiro, que morreu picado de cobra enquanto Rio Preto zombava do tempo e metia chumbo no gado que ela queria ver transformado em ouro.

[XVI]

Alguns dias depois de partirem de Quixabeira, os irmãos tiveram a seguinte conversa, quando José Leite acordou mais cedo que de costume e encontrou Antônio Leite tentando retirar uma mancha da calça:

— Não adianta, não, Tom.

— Não lhe perguntei.

— É mancha de gala, eu sei. Não adianta, só vai manchar mais. Na calça suja não se notava, mas agora que tia Zina lavou...

— Já disse que não lhe perguntei nada.

— Tu devias fazer como eu, descarregar a gala dos culhões com a mão mesmo. Não preciso te ensinar isso, todo mundo aprende sozinho.

— Não te perguntei nada. Não quero falar.

— Mas eu quero.
— Não estou ouvindo.
— Vais ouvir. Eu não tenho mais com quem falar.
— Então fale com o vento.

E tampou os ouvidos com os dedos, depois desistiu e tampou as orelhas com as mãos.

— Queria galar uma mulher, Tom. Queria galar uma mulher.

E como Antônio Leite logo desistiu de vez da rabugice, respondeu:

— Abusastes das cabras?
— Uma cabrinha não seria coisa má agora, mas preferia uma mulher...
— Tu sabes que as mulheres sangram, Tom?
— Sangram?
— Sangram e aí não podem ser galadas, mas passa logo, é coisa de menos de uma semana por mês.
— Sangram por onde?
— Pelo tabaco. Pelo cu é que não haveria de ser.
— E não adoecem?
— Não, é coisa da própria natureza das mulheres.
— Como tu sabes disso?
— Eu sou mais velho, tenho amigos, converso, não sou como tu.
— E ainda galas as cabras.
— Mas não mancho as calças.
— É uma mancha pequena e eu não tô indo para um casamento, tô indo matar um homem.
— Um negro.
— Um negro.

Então os dois pensaram no que o negro fizera com a mãe deles e ficaram em silêncio, depois avistaram uns putrilhões avoando e tomaram o rumo do lugar de onde as aves partiram. Na certa, um açude.

[XVII]

Não estavam errados, pois à medida que se aproximavam do lugar de onde os putrilhões partiram, encontraram aqueles pés de paus de beira de rio e logo os ninhos enormes dos casacas de couro.

Porém, logo que viram a água, se esconderam, e Antônio Leite não fechou os olhos, e só não manchou a calça outra vez porque já tinha manchado, pois, no açude, meninas, mocinhas, moças e mulheres feitas tomavam banho. Negras e brancas, feias e bonitas, umas mais gordas e outras mais magras.

Os rapazes instintivamente se esconderam onde podiam ver e não poderiam ser vistos, e de lá tiveram a visão generosa da nudez lisa das meninas e da nudez peluda das mulheres, da nudez abundante das gordas e da nudez somítica das magras e da nudez das mocinhas em que crescia penugem e despontavam seios duros de pitomba; mas prestaram mais atenção nas bundas grandes e moles das mulheres brancas, nas bundas rijas e lisas das mulheres negras, e nos seios de brancas e negras que pareciam ser feitos de uma substância que não existia em nenhuma outra parte do mundo, uma matéria que Deus reservara apenas para aquela parte específica do corpo das fêmeas e para o deleite dos homens.

As mulheres se demoraram muito no banho, depois se vestiram e foram embora tagarelando. Os meninos ficaram tentados a acompanhá-las, mas não o fizeram, pois mesmo José Leite sabia que não era seguro fitar uma mulher vestida sem que tivesse permissão dos homens da família, quanto mais fitar uma mulher nua, imagine muitas. Por isso, sem que fosse necessário falar, os irmãos se afastaram do açude e voltaram à estrada, ao caminho, e só quando se sentiram seguros de que não estavam sendo caçados por pais, maridos, irmãos e escravos, conversaram:

— Tom, eu nunca tinha visto tanta feme junto ... Tom, reparaste...
— Reparei em tudo.
— Em tudo mesmo?
— Em tudo.
— Pena que não dava pra ver direito o talho.
— Eu não quero falar.
— És mesmo um tolo ... Tom, eu preciso galar uma mulher.
— Não tem mulheres aqui. Nem cabras.
— Eu preciso galar a minha mão. Vou ali...
— Eu não vou ficar aqui pastorando para que ninguém surpreenda tua sem-vergonhice.
— É mais fácil que notem essa mancha na tua calça, que logo vai ficar amarela. Eu vou ali. Se não quiseres esperar, eu te encontro, mas não anda depressa.

Antônio Leite saiu apressado, mas não correu.

[XVIII]

Enquanto caminhavam sem saber para onde, os meninos de Francisco Leite lembravam-se do quanto já tinham caminhado, ainda mais que padre mestre, que peste de bexigas, que o judeu errante, e tantas vezes chegaram perto da presa, do nego Luís, que já sentiam o gosto da satisfação, do alívio, do dever cumprido, mas o nego, como se tivesse sete vidas, como se tivesse mesmo pauta com o cão, escapava.

Lembravam bem quando souberam, depois da festa em Patos das Espinharas, que Rio Preto fora preso.

Não acreditaram.

Mas era mesmo verdade, todos que desciam a serra diziam a mesma coisa, Rio Preto fora preso pelo delegado da Vila de Teixeira, Liberato Nóbrega. José Leite chegou a desesperar-se, mas Antônio Leite teve uma ideia: iriam até Teixeira e lá trocariam os objetos de valor que traziam consigo: as alianças dos avós, os punhais, menos os clavinotes, por uma visitinha ao catre de Rio Preto e lá, mesmo que ficassem presos ou perdessem a vida, confrontariam o tratante.

Antônio Leite acreditava mesmo que tudo daria certo e José Leite precisava acreditar em alguma coisa para não ficar choramingando pelo caminho.

Seguiram em marcha batida para Teixeira e quando lá chegaram puderam constatar tudo e tudo já florido e bonito como um mulungu em setembro, pois se em Teixeira, diz quem nasce lá, cabra frouxo nasce morto ou não se cria; dizem também que os meninos logo que se põem de pé aprendem a atirar e a tocar viola, a fazer versos. Por isso, a história da valentia do delegado e de seus poucos ordenanças, que enfrentaram sem temor o bando de Rio Preto, chegou aos ouvidos dos irmãos enfeitada como os romances das proezas de Carlos Magno e dos doze pares de França, que não tinham medo de lutar contra os sempre numerosíssimos soldados daqueles reis de nome estranho que acreditavam nas verdades de Maomé.

Contaram aos irmãos que o barulho durou tanto tempo que o bacamarte de Rio Preto, de tão quente, estourou em sua mão direita, de modo que não houve como o nego não se render ao destemido delegado, mas só depois de levar chumbo do grosso e ferir-se com gravidade.

Na cadeia recuperou-se, e quando os meninos buscavam todo santo dia encontrar a melhor forma de peitar, com os agrados que traziam rente ao corpo, o único soldado que o guardava e a sentinela, o negro, certa noite, por algum ardil, conseguiu atrair o soldado até a cela e pranchá-lo com a própria espada.

Quanto à sentinela, ao ver o negro agigantado de espada em punho e com os olhos amarelados e malvados em brasa, correu espavorido e Rio Preto outra vez estava livre para correr mundo e fazer dano, como se tivesse licença de Deus pra ser ruim.

A notícia da fuga de Rio Preto, que ainda de madrugada corria a cidade, fez José Leite adoecer de uma febre desarrazoada.

Se não fosse a bondade do vigário, que o levou para a casa de parentes, José Leite não teria sobrevivido.

Os parentes do vigário eram glosadores, poetas afamados, eram os filhos de Agostinho Nunes da Costa: Nicandro e Ugolino. Sorte dos filhos de Francisco Leite, pois enquanto José Leite convalescia e depois recuperava a saúde, Antônio Leite fazia o que mais gostava, aprendia sem perguntar, tanto a fazer versos, quanto a maneira de se trabalhar ferro em forja, pois Nicandro era também ferreiro.

E nessa estada em Teixeira, os meninos conheceram até Liberato Nóbrega, que, por ter tanta coragem, estragou a vida, mas fez correr o sangue dos Guabirabas e quase matou os Dantas de fúria.

Porém, se José Leite fitou Liberato como quem fita um santo de altar, Antônio Leite se admirava era com Nicandro, que conseguia pôr reparo no que ninguém punha, ou no que de tanto ver ninguém notava.

Nicandro sabia vestir qualquer coisa com as roupas que quisesse e sempre ficava bonito.

Antônio não sabia fazer aquilo, mas desde aquelas semanas, passadas em companhia do poeta, se esforçava por ver o mundo do avesso, de um jeito que ninguém via.

Para o irmão ficara ainda mais sem juízo.

Mas até José Leite entendeu alguma coisa do fascínio do irmão por Nicandro quando Antônio Leite contou, em uma bodega — alguns meses depois de deixar Teixeira — em Lagoa dos Garrotes que, simulando uma dor de barriga, bem na hora da cruviana mais fria, Rio Preto atraiu o soldado para dentro da cela e...

Prosseguiu na mesma toada até terminar por dizer que, assim que o nego fugiu, um bando de cancão deu o aviso da fuga.

Os homens de Lagoa dos Garrotes o olhavam e o ouviam como a um padre mestre em Santas Missões, sem saber que, tirante o principal, o resto era tudo moganga.

[XIX]

Antônio Leite lembrava-se de tudo. De tudo mesmo, de cada palavra dita, de cada dia que passou, dos nomes das plantas, dos bichos, da cara dos homens. Mas o que lembrava mais era dos caminhos, por isso José Leite o seguia sem discutir, apenas o seguia.

Fora assim desde que ele aprendera a lógica das estradas, dos caminhos de cabra; desde que memorizou a localização das fazendas, dos sítios, dos arruados e das vilas.

Antônio Leite não se perdia mais, não na ribeira do Piranhas, por isso, mais por desfastio, porque ainda não perguntara aonde iam desde que foram praticamente expulsos da casa do vaqueiro que escondera as filhas e os olhara com pena, José Leite perguntou:

— Ô, Tom, tamo indo pra onde mesmo?

— Matar um negro.

— E onde a gente encontra ele?

— Isso é o que vamos perguntar ao cego Lula.

— Entonces vamos ver o cego Lula... Por onde anda o cego Lula?

— Não anda, deve tá na Catingueira, cantando pra mode conseguir alguns tostões dos almocreves.

— Sabe, Tom, eu nunca entendi como um cego pode ser tão sabedor de tudo.

— Dizem que quando o homem tem um aleijo, os outros predicados dele são melhores.

— Mas sempre que ele deu alguma notícia de Rio Preto foi certa. Como?

— Talvez ele pergunte pra saber acertado, talvez não goste do negro.

— Mas ele é um nego preto retinto.

— Abestalhado, quero dizer que Rio Preto pode ter feito algum mal a ele.

Antônio Leite se calou por um instante e depois olhou de esguelha para o irmão, que respondeu sem ser perguntado.

— Pode ficar tranquilo.

— Como da última vez?

— Ela tava me atentando e como eu podia saber que o menino dizia tudo a ele na base da coceira e do puxavante?

— Não se mexe com a mulher de ninguém.

— Mas ela é mulher da vida.

— Ela é uma rapariga de cego. Lembra o que Brabuleta disse?

— Brabuleta é doido.

— Mas tem mais juízo do que muita gente. Se não fosse ele, Rio Preto continuava mangando do tempo e nós dois no buraco escuro.

— Brabuleta é mesmo muito inteligente.

— É e ele disse, lembro como se fosse hoje: só tem um tipo de mulher pior que uma rapariga de cego, uma rapariga de soldado.

— Será que ele ainda lembra?

— Lembra, mas não se importa. Nem com ela deve tá mais de amigação. Ele me disse que queria mandar a nojenta embora. Diz que ela atentava até o menino.

— Sabe, Tom, eu sei de um tipo de mulher que é pior que rapariga de cego e que rapariga de soldado.

— Sabe?

— Sei.
— Então qual é?
— Uma rapariga de um soldado cego.

Ao contar a piada, José Leite se sentiu muito inteligente e riu alto, mas o irmão o fitou com tamanha reprovação, com tamanho pouco-caso, que ele calou-se, endireitou o corpo e disse:

— É leso o que eu falei, mas é engraçado.
— Me diz então como um soldado cego atira e acerta em alguém?
— Meu irmão, que se acha muito inteligente e quer casar com a lua, me disse que quando o homem tem um aleijo, as outras qualidades são mais vigorosas.
— José, eu não aguento mais conversar miolo de pote.
— José... Tom, por que tu não me chamas por um apelido, assim como eu te chamo de Tom? Pode ser Zé mesmo, Zezinho.
— Vou te chamar de Caga Bosta.
— Mas só se caga bosta. Não tem graça nenhuma.
— Mas tu cagas é pela boca, tu só dizes besteiras. Cada coisa que tu dizes é como uma cagada de tatu. Não serve pra nada.

José Leite parou de andar, ofendido, e puxou o ar com força. O irmão seguiu adiante, já desconfiado, e logo depois levou um tapa na orelha e um empurrão.

Não revidou, e desta vez foi José Leite que emudeceu até a manhã seguinte.

[XX]

O primeiro Natal que os meninos de Francisco Leite passaram fora da fazenda Mundo Novo passaram em Patos das Espinharas. Ouviram missa, viram gente e dormiram menos tristes do que imaginavam, albergados na casa de Antônio

Mendes de Figueiredo, porém nunca esqueceram das festas de ano, que passaram no mesmo lugar, pois houve cantoria de pé de parede, em que se enfrentaram os cantadores Antônio Carão, negro, e Luís Trapiá, alvo.

Antônio Carão cantou melhor, embora tenha sido uma cantoria sem atropelo, mas depois de finda, ao saber quem era o menino que o fitava maravilhado, Luís Trapiá, não se sabe se para premiar a atenção de Antônio Leite ou para desfeitear Antônio Carão pela derrota sofrida, ou pelas duas coisas, resolveu cantar as "qualidades dos negros" e assim cantou:

> *Agora vou descobri*
> *as farta que o nego tem;*
> *nego é falso como Judas,*
> *nego nunca foi ninguém.*
> *Nego é tão infeliz,*
> *infiel e sem ventura*
> *que, abrindo a boca, já sabe:*
> *três mentira tão segura!*
> *Quanto mais fala — mais mente,*
> *quanto mais mente — mais jura!*
> *Enfim, esse bicho nego*
> *é de infeliz geração...*
> *Nego é bicho intrometido:*
> *si dá-se o pé — qué a mão!*
> *Rede de nego é borraio,*
> *seu travesseiro é fogão.*
> *Das farta que o nego tem*
> *esta aqui é a primeira:*
> *furta os macho no roçado,*
> *furta em casa as cozinheira,*
> *os negos pras camaradas,*
> *e as negas pras pariceira...*

Nego é tão infiel
que acredita em barafunda;
nego não adora o santo,
nego adora é a calunga,
nego não mastiga — rismoi...
Nego não fala — resmunga...
Sola fina não se grosa,
ferro frio não caldeia...
Eu só não gosto de nego
porque tem uma moda feia:
quando conversa com a gente
é bolindo com as oreia...
Joei de nego é mondrongo,
cabeça de nego é cupim,
cangote de nego é toitiço,
venta de nego é fucim,
Não sei que tem tal nação
que arrasta tudo que é ruim.
Não quero mais bem a nego
nem que seja meu compade.
Nego só óia pra gente
pra fazê a falsidade.
Mermo em tempo de fartura
nego chora necessidade.
Nego não nasce — aparece!
E não morre — bate o cabo!
Branco dá a alma a Deus
e nego dá a alma ao Diabo.
Perna de nego é cambito,
peito de nego é estambo,
barriga de nego é pote,
roupa de nego é molambo,
chapéu de nego é cascaio,

casa de nego é mucambo.
Eu queria bem a nego
mas tomei uma quizila
Nego não carrega maca,
nego carrega é mochila...
Nego não come — consome...
Nego não dorme — cochila...
Nego não munta — se escancha
Nego é que nem cão de fila...

Antônio Carão não respondeu, não queria estragar a festa, ficava para outra vez.

[XXI]

Foi o cego Lula que falou, embora não no pouso de Catingueira, que Rio Preto estava pra lá do serrote de Dona Tomasina, na banda de terra de Antônio Tomaz. E garantia o cego que era notícia certa, dita por gente de bem.

Portanto, para lá seguiram os rapazes, que tinham confiança no cego.

Estavam com uma gastura, um mau pressentimento danado, mas foram, com o vigor e a rapidez adquiridos em mais de um ano de caçada.

Porém, antes de chegarem ao oitão da casa de vivenda de Antônio Tomaz, tomaram ciência do desastre, se deram conta do desmantelo.

Mesmo assim, não encontraram ninguém.

A gente dele parecia ter se encantado, portanto os meninos foram os primeiros a chegar.

Encontraram o homem sangrando e enlouquecido.

A mulher morta.

A mulher parecia à mãe deles e na mesma condição.

Estrompada.
A filha, arrombada e ainda inconsciente.
Antônio Tomaz, mal os fitou, pediu:
— Me matem e matem ela.
Os meninos quedaram-se sem ação.
Mas o homem vociferava, gritava com força cada vez maior.
— Me matem, seus desgraçados. Me matem.
Antônio Leite não sabia o que fazer e José Leite foi procurar água. Voltou com uma coité com água friinha, que entregou ao irmão e este se abaixou para fazer Antônio Tomaz beber.
O homem olhou o menino, atarantado e com raiva, mas aproveitou a ocasião e, como quem engoda um leso, desarmou Antônio Leite, que, surpreendido, não reagiu.
Antônio Tomaz falou:
— Saia do meio.
Os meninos afastaram-se e Antônio Tomaz descarregou o pau de fogo no rosto da própria filha.
Depois implorou:
— Me matem, por favor, me matem.
Mas Antônio Leite só se sentia na obrigação de matar Rio Preto. Só tinha licença para matar Rio Preto, e ainda pensava assim quando foi surpreendido por um estampido, vindo da arma do irmão que, chorando e tremendo, dizia:
— Eu tive pena dele, Tom. Eu tive pena dele.
Antônio Leite olhou Antônio Tomaz, que estrebuchava de um jeito medonho, e disse ao irmão:
— Entonces atire de novo, mode ele não sofrer tanto.
José Leite aproximou-se do desgraçado e obedeceu. Descarregou outro tiro no peito de Antônio Tomaz, que entregou a alma a Deus.
Depois, os irmãos ficaram sem atinar no que fazer, perplexos diante da morte, até que José Leite começou a espiar

demais as partes da moça estrompada pelo bando de Rio Preto e disse:

— Vamo embora, Tom. Não demora e chega gente e .. E eu tô cuspindo bala por ela.

Antônio Leite olhou a moça exposta em uma pose de calunga desconjuntada, em seguida olhou o irmão, cujos possuídos inchados faziam volume na calça. Sentiu-se mal e foi logo pegar o clavinote, que permanecia na mão do morto, depois foi saindo, seguido pelo degenerado, mas, antes de cruzar a soleira da porta, olhou José Leite e disse, ofendido:

— Mas, José, a moça tá morta.

José Leite começou a chorar e se aproximou do irmão, mas Antônio Leite não deixou que ele o tocasse e foi embora sem olhar para trás. José Leite o acompanhou ainda aos prantos, indignado com sua própria natureza.

[XXII]

Brabuleta era um grande mentiroso. Foi o que pensaram, naquela manhã, os meninos, quando o doido, sôfrego por falar, disse aos filhos de Francisco Leite que soubera, em Teixeira, que os liberais tinham subido e, para desgraça deles, o Coronel João Leite Ferreira seria eleito presidente da Assembleia. Ofegou um pouco e continuou a história. Disse que antes de partir para a capital, o Coronel fora informado da desfeita que Rio Preto fizera aos seus parentes, gente arredia, mas de seu sobrenome, razão pela qual jurou: exigiria providências do novo presidente de província. Assim, podia-se esperar e logo o termo de Pombal e de Teixeira se encheria de mata-cachorros para caçar o facínora e o povo já dizia, com medo da tropa, que ninguém teria sossego até matarem o nego Luís.

Isso foi logo depois da morte de Estrela, o genro da velha Josefa.

Diante de Brabuleta, os meninos maldisseram o azar, mas, ao conversarem a sós, puseram tudo na cota de boato:

— Tom, o que é um liberal?

— Não sei, sei que o Coronel João Leite agora é governo.

— E ele vai mesmo mandar os mata-cachorro?

— Não sei. Acho que Brabuleta e esse povo todo anda exagerando.

— E Brabuleta é mesmo muito mentiroso, lembra quando ele falou da fazenda As Maravilhas, que uma vez ele achou por trás de uma serra?

— Mas ali ele só tava contando uma história de Trancoso.

José Leite se entristeceu:

— Então, Tom, é tudo verdade?

— Nesse caso, não. Repare bem, como é que vão reunir tanto mata-cachorro e, assim de uma hora pra outra, enviar aqui pra essa ribeira? Isso leva tempo.

— Deve levar muito tempo.

— Até lá, nós matamos o negro.

— Eu queria encontrar a fazenda de Brabuleta.

— E quem não queria?

Brabuleta sempre contava, especialmente depois de comer, que, uma vez, se ariara e se perdera pelos caminhos, estava morto de fome e cheio de feridas, e ainda rasgado de macambira, até que achou uma fazenda que não tinha nome, mas que ele chamou "As Maravilhas", porque lá o que não faltava era água, verdura e comida boa.

Dizia Brabuleta que mal chegou e encontrou um riachinho, bebeu e dormiu, e quando acordou estava coberto de pipoca.

Comeu a pipoca e só então percebeu que estava livre das perebas, que as pipocas eram as perebas curadas que, como frutas maduras, haviam inchado e caído da pele. Mas não teve tempo de sentir nojo, porque se deu conta de que se tivesse dormido mais teria virado planta, já que o lugar era mais fecundo que baixio e moça quartuda.

Não sabia que planta viraria: se feijão, milho ou fava, mas sabia que viraria planta.

Logo depois, encontrou gente de toda cor, mas era gente que não falava; que, por gestos, lhe oferecia comida boa: leite com cuscuz de milho, mugunzá com coco, batata doce, paçoca, carne assada, e ele achou que tinha morrido e chegado no céu.

Comeu de se empanzinar, de ficar uma semana de tripa forra.

Podia até ter ficado por lá mesmo, mas, depois de três dias, achou que ainda precisava purgar uns pecados e foi embora sem agradecer.

Deu notícia de "As Maravilhas" ao mundo, porém não sabia como voltar.

Era Brabuleta de fato um grande mentiroso, portanto sabia como contar uma história.

[XXIII]

O mundo é um pau com formigas, pensava Antônio Leite enquanto ia de fazenda em fazenda, de sítio em sítio, de arruado em arruado pedindo uma refeição e um lugar pra dormir.

É verdade que quase ninguém se negava a dar.

Mas mesmo quando os irmãos contavam a história que já corria a ribeira, eram vistos com prevenção e alarme, como um incômodo, um embaraço, motivo mais que suficiente para que volta e meia dormissem vigiados e sempre longe, bem longe dos olhares das mulheres da casa.

Não chegavam a comer restos, mas comiam o que sobrava, por isso preferiam dormir embaixo de um pé de pau, em uma loca, debaixo de uma lapa qualquer, como os caboclos brabos, porém de quando em vez encontravam gente que se compadecia verdadeiramente deles.

Foi o que ocorreu na fazenda Papacaia, aonde todos foram ouvir ele e o irmão contarem de suas desgraças; e em que vendo a magreza dos meninos, Dona Maria Gulóra os alimentou como se os dois não tivessem comido por anos e quando eles resolveram partir, por achar que José Leite, embora risonho e falante, era de calibre mais fraco que o irmão, quase o obrigou a comer um esparrame de tutano com rapadura.

Ela mesma batera o corredor de um boi gordo para retirar o de comer que levanta até defunto.

José Leite comeu de bom grado, mas quando já distava da fazenda mais de légua, as forças dele deram pra baixo e ele foi suando e descomendo pelo caminho até não aguentar mais pôr-se de pé, portanto, somente ajudado pelo irmão conseguiu entrar em um arruado que só tinha capela, cruzeiro, seis casas e ninguém à vista.

Depois de acomodar o doente, às pressas, em frente à capela, Antônio Leite esmiuçou o lugar com os pés e os olhos e não encontrou vivalma, mas achou, em uma das casas, água em uma jarra, mel em um pote, enfim, um trem de cozinha ainda em condições de uso.

Um fogão com borralho e uma esteira.

Não havia mais nenhum indício de gente por ali.

Antônio resolveu arrastar o irmão para a casa onde encontrara os víveres, que era a mais asseada, mas José Leite não queria ir:

— Não, Tom, eu tô com medo. Quero ficar na capela.

— Na capela! Queres aliviar as tripas na casa de Deus?

— É mesmo ... Mas onde tá o povo daqui?

— Não sei.

— Tom, vai ver o mundo acabou. Vai ver Rio Preto matou todo mundo.

— Deixa de besteira, de tolice, tu sempre foste medroso.

— Só não te mostro quem é medroso porque tô neste estado.

Antônio Leite o arrastava para a casa escolhida.

Pouco depois de se arrancharem por lá, foi escurecendo, ventando muito forte, até que começou a chover.

Antônio Leite misturou a aguardente que trazia consigo com o mel que encontrara e deu ao irmão para que ele recuperasse as forças.

Comeram a paçoca trazida da fazenda.

Mas, depois de comerem, José Leite voltou a sentir medo:

— Tom, e se o dono da casa não gostar?

— A gente explica a ele.

— E se for aqui um sítio de mal-assombro ou terra de sarampão, de febre ruim, de bexiguentos?

— É nada, descansa o comer e vamos dormir.

Mas não dormiram logo. José Leite, de tão assustado, não dormiu e no meio da noite acordou o irmão, pois vira alguém esgueirar-se pela casa.

Antônio Leite ouviu, aborrecido e descrente, a história do irmão, mas mesmo assim saiu para ver o que havia.

Não havia nada.

Quando já amanhecia, José Leite acordou o irmão outra vez e pelo mesmo motivo.

Antônio Leite levantou-se e saiu; desta vez não para procurar alguma coisa, mas para não ter que olhar o irmão medroso que não o deixava dormir.

Demorou a voltar, o que deixou o irmão apavorado, portanto, quando Antônio Leite voltou para preparar o almoço, pois o sol das sete horas já iluminava tudo, espantando as almas do outro mundo, José Leite o devorou com os olhos e falou com tanta sofreguidão que parecia ter muitas bocas:

— Entonces, Tom, o que se deu? Por que demorou tanto? Era mesmo o Demo?

Antônio Leite riu e disse:

— Encontrei o dono da casa, a dona da casa. É uma doida toda desmazelada, mas não faz mal a ninguém; mal fizeram a ela, pois foi me ver e correu desembestada, gritando. É doida de nascença, se vê pelas feições.

— Mas é doida mesmo? É de carne e osso?

— É, eu a encontrei mijando. Está toda esfarrapada.

— Tom, Tom, e se for alguma amaldiçoada? E o resto do povo daqui?

— Deve ter morrido ou ido embora com a seca de 46 ou então fugiram mode escapar de uma doença ruim e deixaram a doida, ou esqueceram dela.

— Tom, eu tô com medo.

Antônio Leite percebeu que o irmão, pela noite mal dormida e pela caganeira que voltara, estava mais doente.

Tocou nele e constatou a febre, mas não tinha o que fazer. Tentou acalmá-lo e deu-lhe água e paçoca e, na noite daquele dia, muita cachaça, para que dormisse.

Deu resultado.

No dia seguinte, encontrou um pé de fedegoso e não perdeu tempo, fez logo o café que serviu como meizinha para as tripas do irmão covarde. O medo e a meizinha fizeram efeito, pois, assim que pôde andar sem melar as calças, José Leite arrastou o irmão mais novo do arruado.

Tudo por medo da doida.

[XXIV]

Na estrada, José Leite recuperou a confiança, mas por pouco tempo, pois implicou com o irmão, teimou que estavam sendo vigiados.

Antônio Leite não quis nem ouvir aquela sandice, porém, à noite, o irmão o acordou e ele viu que a doida, a uma distância segura, os observava.

Antônio Leite ergueu-se, a doida correu e o medroso logo se pôs a falar, com raiva:

— Eu não disse, eu não disse? E agora?

— Agora o quê?

— O que é que a gente faz?

— Nada. Já não lhe disse que a doida não faz mal a ninguém? É mansa. Dorme.

— Dormir com uma doida me olhando?

— É.

Dito isto, Antônio Leite ajeitou-se no chão e dormiu sem preocupar-se com o medroso.

No dia seguinte, o irmão voltou a falar da doida, mas ele não quis escutar. Fingiu que estava aborrecido e não falou mais pelo dia inteiro.

A doida, porém, não desistia e continuava seguindo os dois, cada vez mais segura de si, para terror-pânico de José Leite; até que os irmãos encontraram Brabuleta, que agora se intitulava Rei dos Caminhos.

José Leite contou o caso a ele. Ele desconfiou, mas não disse nada. Fingiu dormir à noite para observar os passos da doida, que se aproximava e se quedava olhando embevecida para o rapaz mais velho.

Na manhã seguinte, enquanto jiboiavam, depois de comerem uns restos de mocó que o Major das estradas havia caçado no dia anterior, Brabuleta serenou José Leite:

— A doida não quer te fazer mal.

— Eu não te disse, José? Disse e disse mais de uma vez.

— Deixa Brabuleta falar.

— Em minha opinião, ela tá cativada, quer te dar o tabaco.

— O tabaco. O tabaco. O tabaco. Quer dizer, o entrepernas?

Antônio Leite riu da reação do irmão.
Brabuleta também riu.
O irmão, passado o susto, continuou:
— Brabuleta, tu falas isso porque és doido. Todo mundo nessa ribeira sabe que és doido. Só não se sabe por quê.
— Entonces, José, mais uma razão para acreditares nele. Um doido entende o outro — disse o irmão.
Brabuleta não se ofendeu com o comentário e riu com tanta alegria que Antônio, ao perceber que tinha sido mal-educado sem querer, achou melhor não pedir desculpas.
Depois de rir, Brabuleta respondeu a José Leite:
— Quer dizer que dizem que eu sou doido? Não sei por quê! Mas doido ou não, aquela doida quer te dá o tabaco. Deve estar no cio.
— E doido fica no cio, Brabuleta?
— Doido ou não doido, qualquer um fica, basta encontrar uma pareia dessas que desperte as carnes.
José Leite então ficou imaginando que a doida, embora desmazelada, não era velha e, embora suja, não era assim tão feia.
Depois pensou que para quem tinha galado uma jumenta...
Passou a sorrir.
Dois ou três dias depois, Brabuleta acordou no meio da noite e não encontrou José Leite. Acordou Antônio e os dois foram à procura do "namorado". E o acharam encangado na doida.
Esperaram que ele terminasse o serviço e quando a doida, que percebeu estar sendo observada, correu grunhindo, os dois se mostraram, e Brabuleta foi logo dizendo:
— Nem chama os amigos pra brincadeira.
— É que eu não pensei nisso.
E, olhando os olhos agastados do irmão, falou:
— Se tu quiseres, Tom, eu te empresto ela. É bem mansinha, como disseste. Fede um pouco só.
Antônio Leite respondeu:

— Uma doida, José? Estás galando uma doida? Espero que ela emprenhe de ti e que nasça um doidinho com a tua cara.

Deu as costas e voltou para o lugar onde estavam arranchados.

Brabuleta disse, maldoso:

— E a mim, que te dei notícia da paixão, não me convidas?

— Se quiseres! — respondeu, entre encabulado e agradecido, José Leite.

Brabuleta riu e respostou:

— E eu quero lá bater soro.

Depois, olhando-o, advertiu:

— Acabe logo com isso, porque senão ela não te larga mais ou emprenha mesmo.

José Leite não soube o que pensar.

Mas voltou a encontrar-se com a doida, até que Antônio Leite lhe falou olhando nos olhos:

— Deixe ela. Daqui ela ainda sabe voltar pra casa. Depois da serra, não. Se acaso se perder, vão judiar muito com ela.

— Eu vou deixar.

Restava, no entanto, combinar com a doida, que seguia os irmãos choramingando, até que José Leite, com lágrimas nos olhos, a puxou pelos cabelos, bateu-lhe na cara e a empurrou para longe.

Mesmo assim, ela voltava e ele então a apedrejava e dizia:

— Vá embora, vá embora, eu não quero mais esse seu tabaco sujo.

Mas a verdade é que queria, e quando ela foi embora, chorou por algum tempo, com saudades da namorada.

[XXV]

No caminho para Catingueira, os irmãos encontraram uns soldados, quer dizer, da maneira como iam vestidos podiam ser soldados ou não ser, e os irmãos se preveniram, pois podiam ser recrutadores, embora os recrutadores agissem sempre nas feiras, nas missas, nas casas de ricursos, e sempre acobertados por um homem rico.

Não parecia ser o caso, mas os irmãos mantiveram-se precavidos.

Um dos homens, que vinha a cavalo e que parecia ser o que mandava, perguntou:

— Para onde vão? Não me digam que vão pra guerra a pé?

— Vamos pra Catingueira.

— Entonces pra que as armas?

José Leite sorriu, estranhando muito a pergunta, mas foi Antônio Leite que respondeu:

— É do estatuto da ribeira. Tamo cumprindo o estatuto.

— Mas vão fazer o que em Catingueira?

— Saber notícias de um negro.

— Um negro fujão?

— Um assassino que matou nosso pai.

Dessa vez os soldados é que riram.

— Então vão matar o tal negro?

— É, ele se chama Luís, mas é mais conhecido como Rio Preto.

Os soldados riram ainda mais:

— Então Vossas Excelências tão armado assim pra matar Rio Preto, o bandido?

— É, nós quase matamos, mas ele escapou. Tamo, vai inteirar três anos, nessa empreitada.

José Leite entrou na conversa:

— Nós precisamos cumprir o quarto mandamento.

— E qual é mesmo o quarto mandamento? Eu não sou muito de rezas.

— Qual é, Tom?

— Honrar pai e mãe.

— Pois muito bem, matem o negro e não vão morrer pelo caminho.

— Pode deixar.

— A propósito, o senhor sabe me dizer se o cego Lula tá em Catingueira?

— Por quê? Vão matar ele também?

— Não, é que ele sabe de tudo que se passa na ribeira. Sempre que deu notícia de Rio Preto foi certa.

— Ele está lá, sim. Quer dizer, deve estar. Preto como uma coivara e feio como um porco mijando.

Ao dizer isso, o homem do cavalo foi indo embora sem se despedir, no que foi acompanhado pelo grupo que chefiava, até que se virou e disse:

— Meninos, quer dizer, rapazes, depois que matarem o negro, cortem um dedo pra servir de prova.

— Desse jeito vamos ter que picá-lo todinho, porque a língua, as orelhas e os culhões já foram encomendados.

[XXVI]

Naquela tarde, Antônio Leite estava falante, outra vez apaixonado pelo mundo. Então perguntou ao irmão:

— José, me diz. Caso estivesse a teu alcance, que pássaro tu serias?

— Não gosto quando tu imitas o modo de falar de Brabuleta. Mas eu seria um... Não, não seria nem carcará, nem anu, nem acauã, que são bichos carniceiros. Seria um golinha.

— Um golinha?

— É, que é passo cantador. Podia ser também... Não, não podia, que onça não é passo e é bicho matador.

— E por que tu não podias ser um bicho matador?

— Porque eu só quero matar mesmo um negro e basta, que eu tenho medo de ir pro inferno. E tu, que pássaro tu serias?

— Não sei, tava pensando nisso nesse instante.
Então José Leite começou a rir e Antônio perguntou:
— O que foi?
— Nada.
— Diz o que foi.
— Queres mesmo saber?
— Quero.
O irmão riu outra vez e disse:
— Pensei que tu podias ser um carão, que é um passo feio, capiongo e que não gosta de conversar com ninguém.
— Um carão?
— É.
— Ou então uma mãe-da-lua, que só vive triste com aqueles olhões aboticados.
José Leite riu de novo, mas Antônio Leite não disse mais nada. Não lhe deu um tabefe nem tentou ofendê-lo com alguma outra comparação. Ficou quieto, de modo que o irmão entendeu que o magoara e sabia que não adiantava se desculpar, pois se pedisse desculpas, o irmão se sentiria ainda mais ofendido. Portanto, não havia mais nada a fazer, a não ser esperar que o tempo passasse; e conter a gastura que o fazia passar mal quando vexava alguém.
José Leite não gostava de ofender ninguém.
José Leite às vezes parecia uma moça.
Antônio Leite também.

[XXVII]

Antônio e José Leite havia muito já tinham aprendido a andar com cuidado, sem fazer barulho, mas sem despertar suspeitas, embora os clavinotes, por vezes, estragassem tudo, porém naquelas terras estavam ainda mais cautelosos, pois souberam que por ali duas famílias se matavam havia dezenas de anos: os Vidais e os Benevides, embora tudo tivesse começado com os Abreus e os Carolinos.

As cautelas não foram em vão, pois logo perceberam, alapardado em um ponto que não se via da estrada, um tocaieiro de pé de pau.

Na ocasião, eles desciam um serrote e, como Deus ou o diabo queria testá-los, na estrada surgia um pequeno tropel de quatro cavaleiros.

Ao ouvir o tropel, o tocaieiro preparou-se para atirar e os meninos pensaram:

— Será?

Antônio Leite, embora soubesse que tocaieiros costumam agir sozinhos, buscou algum comparsa pelas imediações, mas não encontrou. Enquanto isso, José Leite preparava o clavinote.

Quando o irmão mais moço viu o que o mais velho fazia, disse:

— Pare com isto, pare logo, a gente saiu de casa pra matar um negro e não pra se meter em peleja que não é nossa.

Mas o irmão não lhe deu ouvidos e, pouco antes de o tocaieiro disparar, disparou ele e acertou o bandido pelas costas.

O tropel parou imediatamente. Com o susto, um dos cavaleiros quase cai do cavalo, mas os outros olharam para cima e perceberam os dois meninos descendo o serrote.

José Leite jogou o clavinote no chão, ergueu as mãos e gritou:

— Eu matei o tocaieiro!

Quase leva um tiro.

Mas um dos homens que quase foram emboscados logo entendeu o que tinha ocorrido.

Desmontou e sem demora descobriu o corpo do tocaieiro, enquanto os meninos eram pastorados por três paus de fogo.

Por fim, acalmou Antônio Benevides e fez sinal para que os meninos descessem.

Na descida, José Leite apanhou o clavinote e quase levou outro tiro.

Ao encontrar-se frente a frente com os meninos, Antônio Benevides, que na avaliação de Antônio Leite era um homem quase louco, de olhar desvairado e gestos incoerentes, exigiu uma explicação. José Leite deu. Antônio Leite confirmou, embora tenha retificado certos pontos.

Antônio Benevides então abriu um largo sorriso, abraçou cada um deles de forma demorada, depois franziu o cenho e pareceu mudar de opinião. Logo perguntou a seu escravo de sorte:

— O que me diz disso, Bento?

— Me parece verdade, mas é bom averiguar.

O capanga do grupo concordou e os meninos foram desarmados e levados à fazenda Fabiana, onde havia jagunços e mulheres em profusão e uma azáfama de festa, pois Aurélio Benevides, o filho mais moço do dono da casa, ia casar.

Como os homens concordaram que com o casamento próximo e o tocaieiro morto não era hora de averiguar se os meninos tinham falado mesmo a verdade, eles foram trancados no cômodo onde se armazenava a fava colhida, ainda na vargem. Ocorre que, seguindo o costume, uma muçurana fora levada para o quarto-depósito, para matar e comer roedores atrevidos.

A cobra não se importou com a presença dos estranhos, mas José Leite tinha medo de cobra, começou a tremer e logo se pôs a chorar.

Antônio Leite nunca tivera tanta raiva na vida e foi logo dizendo:

— Tu não serves pra nada. Só sabes chorar, por isso pai nunca gostou de ti.

— Mentira.

— Entonces por que ele te batia tanto?

— Porque isso é coisa de pai mesmo. Tu também apanhavas.

— Menos que tu.
— Pai não gostava de ninguém, batia até em mãe.
— Eu te disse pra não atirar.
— Eu ia deixar o tocaieiro matar o homem?
— E tu sabias lá quem era o homem?
— Eu achei aquilo uma covardia.
— Tá esquecido que é assim que vamos matar Rio Preto?
— Rio Preto matou pai. É um bandido.
— E esse aí, tu não viste como ele olha? É mais doido que Brabuleta. Todo mundo tem medo dele, é um bandido também. Talvez merecesse morrer, seu cabeção de merda.
— Tom, não fala assim.
— Quando era Rio Preto que tava na mira, tu não atiraste.

Antônio Leite esperou que o irmão partisse para cima dele, mas o irmão chorou ainda mais alto, e quando ele pensou que José Leite só choraria, o irmão disparou em sua direção, como um boi brabo. Estava ensandecido. Mas daquela vez Antônio Leite usou aquela fúria cega a seu favor e surrou o irmão como nunca fizera.

Depois esperaram que alguém trouxesse alguma coisa para que comessem, mas ninguém trouxe. Eles dormiram famintos.

No dia seguinte, de manhãzinha, se lembraram dos infelizes, que foram soltos para se aliviarem e comerem uma refeição substanciosa. Depois os fecharam de novo no quarto. Desta vez com uma quartinha de água e uma coité.

Foi o dia do casamento.

Desde a briga eles não haviam trocado uma palavra, até que no outro dia, sol já alto, quando os irmãos acharam que tinham sido esquecidos uma segunda vez, abriram a porta e entrou um religioso de fala arrevesada, acompanhado pelo dono da fazenda.

O frei olhou os meninos e achou que as contusões de ambos tinham sido o efeito da hospitalidade dada pelos Benevides, que àquela altura já tinham confirmado a história contada pelos irmãos.

O frei censurou asperamente Antônio Benevides, que logo mandou tratar dos rapazes. Assim, José e Antônio Leite foram medicinados, alimentados e restituídos de suas armas.

No dia seguinte, partiam com o frei, um escravo do frei e mais ninguém.

Ninguém agradeceu aos meninos pela vida salva.

[XXVIII]

Na estrada, o frei interpelou os meninos. O que se deu mais ou menos assim:

— É verdade que estão caçando um homem para matar?

— Estamos caçando um negro — corrigiu Antônio Leite.

O negro que acompanhava o padre o olhou com raiva. O frei então disse:

— Aleixo é meu único companheiro nessas santas missões em terras da cafraria como esta... Salvou-me a vida muitas vezes. É negro, por isso não é homem?

Antônio Leite tergiversou:

— O negro que procuramos matou nosso pai. Matou muita gente.

— E estrompou nossa mãe na frente dele. Estrompou muita gente.

Antônio Leite olhou o irmão enraivecido, pois se ofendeu com aquela palavra, aquele termo, usado para se referir à desgraça que sucedera a sua mãe.

O padre, que era colérico, já se percebia só de olhá-lo, falou:

— Mas Deus disse: não matarás.

— Mas nós dois estamos cumprindo o mandamento.

Respostou José Leite e o padre contestou:

— Qual mandamento?

— Qual é mesmo o mandamento, Tom?
— O quarto.
— O quarto.
— Honrar pai e mãe.
— Honrar pai e mãe.
O frei irritou-se:
— Eu sei qual é o quarto mandamento, mas o maior deles é "Amai a Deus sobre todas as coisas e o próximo como a ti mesmo".
Os meninos ficaram em silêncio e o frei continuou:
— Ponha-se no lugar desse assassino. A vingança pertence a Deus. Se acaso o assassino fosse...
— Eu também sou assassino, padre: matei o tocaieiro e um homem que viu a filha ser estrompada por toda a tropa de Rio Preto e me pediu pra matar ele, e eu matei.
— Padre...
Disse Antônio Leite:
— Se eu tivesse matado um pai de família... Eu acho que seria justo ser morto pelos filhos dele.
— E é do estatuto da ribeira. Tamo cumprindo o estatuto — completou José Leite.
— E vão para o inferno! — gritou o padre.
— Mas padre...
Continuou Antônio Leite, como se estivesse se desculpando:
— Deus não matou os primogênitos do Egito? A gente só vai matar um negro.
— Cristo, escute bem, Cristo...
— Deus, eu não sei, mas Cristo tinha mãe, padre. Se bulissem com a mãe dele, aposto que ele matava e matava devagar — interrompeu José Leite.
O frei então começou a gritar em uma língua que os meninos não entendiam, depois tirou as alpercatas, bateu uma na outra, calçou as alpercatas, ajoelhou-se na estrada, rezou

o que pareceu uma prece furiosa, levantou-se, puxou o ar com força, pegou uma pedra, colocou na cabeça e foi embora sem se despedir, acompanhado por Aleixo, que não se surpreendeu com aquele espetáculo, ao contrário dos meninos.

José Leite, estupefato, disse:

— Que padre doido! Não sabe nem falar direito e ainda disse que nós vamos pro inferno... Tu achas que nós vamos mesmo pro inferno, Tom?

— Não sei, mas antes temos que matar um negro.

E Antônio Leite não disse mais nenhuma palavra até que acabassem as provisões que trazia no matulão.

[XXIX]

Havia chovido e o estalar das pedras no fim da madrugada despertou os meninos, que até então dormiam a sono solto, entocados em uma furna.

Resolveram levantar logo e se puseram em marcha com o sol que clareava.

Parara de chover, mas o cheiro de terra molhada, aquela morrinha boa, entrava pelas ventas de Antônio Leite como se fosse cheiro de mulher nova, quase de menina, e ele aspirava o ar como se fizesse uma prece.

Era uma criatura esquisita, o tal do Antônio Leite, esquisita até mesmo para o irmão, que notava aquele contentamento sem sentido, porque ele mesmo — José Leite — achava aquela estrada bonita: os pés de pau, a zoada dos passarinhos, o céu cinzento; era tudo muito bonito, mas nada que justificasse a alegria desusada do irmão.

Antônio Leite notou que era observado e julgado com severidade, mas estava feliz e seguiu pisando a terra com suas alpercatas imundas, como se fosse dono de tudo que respirasse, como se fosse dono de tudo que conseguisse enxergar. Sentia-se tão disposto, tão senhor de si e do que quisesse, tão pleno, que se Rio Preto o encontrasse naquele instante não sairia com vida. Ele o mataria com as próprias mãos, sem arma nenhuma.

Antônio Leite era Deus, podia tudo.

Mas José Leite não se conteve e disse muito sério:

— Tom, tu és abestalhado.

Antônio Leite riu muito, gargalhou, chorou de rir, o que ofendeu o irmão, que continuou:

— Tu és o rei dos abestalhados do mundo e houvera outro mundo tu serias o rei dos abestalhados de lá também.

Antônio Leite continuou rindo e não se agastou, de modo que José Leite começou a rir igualmente e os dois seguiram alegres pela estrada enquanto a chuva começava a cair outra vez, caía em quase toda a ribeira, uma chuva miúda, um pinicado de água, que tanto fazia bem a Antônio Leite que ele não pôde deixar de dizer:

— José, José, precisamos matar aquele negro. Vamos matar.

— Sim, vamos matar. Ele não perde por esperar.

— Ele não inteira mais um ano.

— Vamo dar a ele uma passagem para o reino do vai, mas não torna.

— Eu trago a passagem dele na cintura.

E os irmãos seguiram dizendo pabulagens cada vez maiores, até que a fome venceu o entusiasmo e eles se concentraram em achar algo para encher o bucho, que não faz bem matar negro com o estômago vazio.

[XXX]

A fome algumas vezes acometeu os meninos, e nessas ocasiões, embora não gostassem, eles pediam, esmolavam, foi o que fizeram quando entraram pela primeira vez em

Jardim do Rio do Peixe.

Na realidade, ainda não haviam entrado, pois a bodega ficava no caminho que levava ao lugarejo.

Como estavam sem comer comida substanciosa há três dias, resolveram entrar e, sem pensar muito, para não perderem a coragem, se dirigiram ao bodegueiro, fazendo caso nenhum dos demais fregueses, e logo contaram quem eram e o que faziam. Por fim, pediram água e um prato de comida, e como era tempo de fartura e homem que é homem admira a coragem alheia, o bodegueiro os levou mais para dentro da baiuca e ordenou à cozinheira, uma cabocla velha, que os servisse longe das vistas dos outros.

Enquanto isso, os homens que bebiam cachaça e tinham ouvido a história quase em silêncio, não sabiam se de pena ou de surpresa, glosaram o que se passara; como sempre acontecia em ocasiões como aquela.

Falaram a mesma coisa de sempre, fizeram as mesmas piadas, ou seja, previram da maneira mais jocosa que encontraram que os meninos teriam o mesmo fim do pai ou da mãe ou de ambos.

Severino do Ó, que disse que só não sabia se eles seriam mortos e depois enrabados ou enrabados e depois mortos, provocou muitas gargalhadas, mas como estava presente José Bezerra, perguntaram o que ele achava.

Mas quem era José Bezerra, que bebia calado e sozinho?

Era o homem mais culto do Rio do Peixe, pois era o único que sabia ler e, como lera a Bíblia inteira, era também seguramente louco, pois todos sabem que qualquer um que ler a Bíblia inteira e não for padre enlouquece.

Mesmo assim perguntaram ao louco e ele respondeu:

— O que eu acho? Eu acho que não há inimigo pequeno. Inimigo é inimigo e se eu fosse Rio Preto me precavia, tomava cuidado.

Os homens que ouviam não gargalharam, sorriram sem fazer barulho, como se dissessem:

— É doido, mesmo.

Mas como loucura e sabedoria às vezes caminham juntas, o bodegueiro, que era um homem sensato, pensou que se fosse Rio Preto tomaria mesmo cuidado e guardou a frase de José Bezerra para matutar e repetir, pois o ofício de bodegueiro consiste também em aconselhar.

[XXXI]

— Tom, eu acho bonito quando o céu tá assim, encarnado como sangue de carneiro.

— Eu também.

— Tom, onde é que a gente tá?

— Nunca passei por aqui, mas dizem que essas são terras dos Carolinos.

— Dos Carnolinos.

— Dos Carolinos, que é a maneira certa de dizer.

— Esqueci que tu gostas de dar razão a doido... ... ...Todo mundo diz Carnolino, só Brabuleta diz Carolino e tu concordas com ele, um tatu cheira o outro. És doido também.

...

— Tom, mas não é perigoso?

— Não demora e descobrimos.

José Leite parece que falara aquilo pela boca de um anjo, pois um quarto de hora depois se viram cercados por uns negros bonitos e fortes, uns galalaus sadios como alimárias, que os desarmaram com eficiência e depois de poucas palavras os conduziram a uma casa forte e velha, onde eles tiveram que se explicar.

Os negros os levaram à presença de um velho, que assustava não pela velhice, mas pelos olhos de bicho carniceiro.

Apesar disso, os meninos não se intimidaram e contaram a história que os levara até ali, com seriedade e economia de palavras, o que conquistou a simpatia do velho.

— Entonces está tudo bem, um filho tem que vingar o pai, é do estatuto. É mais do que do estatuto, é da lei de Deus. Se eu tivesse filhos, eles me vingariam, mas eu só tenho esses negros e uns genros que são uns fofa-bostas, uns bedamerdas que só sabem mesmo é morrer.

— Podemos ir, então?

— Não, não podem, Rio Preto pode esperar. Vão ficar aqui. Provar da minha hospitalidade. Vê-se que precisam dormir, comer bem, talvez precisem de pólvora.

E, ato contínuo, chamou uma negra que conduziu os rapazes para um quarto, onde disse que esperassem para a ceia. Se quisessem se lavar ou fazer as necessidades, indicou para onde deveriam seguir, mas alertou:

— Não vão para aquele lado.

— Por quê? — perguntou José Leite, e a negra riu:

— Porque é onde vivem as moças.

José Leite riu de volta e se permitiu dizer um gracejo:

— E elas mordem? Têm veneno? Peçonha?

A negra continuou rindo e Antônio Leite interviu:

— Nós não vamos até lá.

— Sei que não vão. São rapazes de bem.

— É, não vamos bulir com as filhas do homem.

José Leite estava impossível.

A negra riu outra vez e, já se retirando, falou:

— Não vão, é perigoso. Mas temo não é por elas não, é pelos dois.

Quando ela saiu, José Leite disse:

— Tom, vamos lá.

— Não vamos, não.

— Não vou porque o homem nos deu casa e comida,

mas que queria ver essas moças, queria. E por que elas são perigosas?

— Devem ser mesmo muito bonitas, como Brabuleta falou, e são também absolutas, matam os homens. Mal casam e enviúvam. Têm gênio ruim.

— Eu não tenho medo de mulher.

— Então tenha medo do velho.

José Leite teve.

[XXXII]

Quando chegou a hora da ceia, o velho mandou chamá-los, indicou os lugares onde deveriam sentar e os três comeram em silêncio até se fartarem. A comida foi substanciosa: coalhada com rapadura e farinha; tapioca; queijo assado; batata doce; carne cozida, milho e café.

Depois de comerem, o velho, que se chamava Raimundo Carolino, começou a contar aos rapazes as razões da guerra que sua família movia desde a Revolução dos Padres contra os Abreus e os Galdino. Depois mandou trazer o baralho, e como os meninos não sabiam jogar, os ensinou a jogar sueca.

José Leite não gostou muito, mas Antônio Leite, sim.

José Leite recolheu-se primeiro e Antônio Leite quando o velho se cansou.

No dia seguinte, um dos negros de confiança de Raimundo Carolino, Amaro, os levou logo depois do almoço, pela manhã, para conhecer as terras da família, e enquanto José Leite se recreava com tudo, Antônio não deixava de pensar que o velho queria os dois longe da casa, longe das moças.

E dali pra diante instaurou-se uma rotina, embora o velho dissesse que, passada uma ou duas semanas, eles poderiam ir; por isso os dois estranharam quando — os irmãos entraram nas terras dos Carolinos em um domingo —, no sábado, o velho mandou chamá-los mais cedo para a ceia e logo que os irmãos chegaram à sala não tiveram como segurar o queixo diante das moças, o que divertiu muito o chefe da família, pois os rapazes não conseguiam falar coisa com coisa e Antônio Leite chegou ao cúmulo de não acertar com a comida na própria boca.

Eram seis as filhas de Raimundo Carolino, a mais nova quase uma menina, embora já tivesse peitos, a mais velha uma mulher exuberante de idade indefinida, talvez trinta anos, porém bela e vigorosa. Era viúva. Quase todas eram viúvas, donzelas eram apenas a mocinha e uma moça que devia ter a idade de José Leite.

Todas muito brancas. Os cabelos iam de um louro escuro até a cor de azinhavre e os olhos agatiados. Os seios eram de tamanhos distintos, embora todos firmes. Havia umas mais robustas que outras, mas todas exibiam cintura estreita e ancas salientes, cheiravam a perfume e não riam diante do despreparo dos meninos em fitá-las, parvos em razão de tanta beleza.

Elas já estavam afeitas à impressão que causavam nos homens e sentiam certa volúpia ao reparar nos olhos dos rapazes, famintos e ávidos ao observá-las; portanto, conversaram com José e Antônio Leite com desembaraço, até que depois da ceia pediram para que eles contassem a história da desgraça que queriam vingar, e quando parecia que tudo ia acabar bem, o velho pediu para que a mocinha pegasse a rabeca e tocasse para os rapazes, o que ela fez. Depois, o velho olhou Antônio Leite e disse:

— Dance com uma das minhas filhas.
— Eu não sei dançar.

O velho fez que não ouviu e disse:
— Escolha uma e dance.
— Eu danço — disse José Leite, mas o velho o ignorou,

olhou com olhos chamejantes para Antônio Leite e falou:
— Eu mandei dançar, então dance.
Antônio Leite levantou-se e o velho disse:
— Escolha.
Antônio Leite apontou para a mais velha:
— Ah, Catarina... Dance Catarina, dance com o menino, mas não vá fazer com que ele perca o juízo.

A mulher levantou-se e postou-se diante de Antônio Leite, que a fitou como se ela fosse o sol ou a morte. Ela gostou daquele olhar e com delicadeza o conduziu como se fosse conduzida, e os dois dançaram sob os olhares dos outros e a luz de um candeeiro, de mais de um candeeiro, e Antônio Leite sentiu o calor, o cheiro daquela mulher, e quando, por fim, ela se desvencilhou dele, ele tornou-se como um menino de quem roubaram o brinquedo, como um homem de quem roubaram o mundo.

E logo, Antônio Leite não soube bem como, o irmão e as moças se recolheram sorridentes e ele estava jogando sueca com o velho, que de uma hora pra outra se aborreceu e, espalhando as cartas sobre a mesa, disse:
— Vá dormir, vá logo dormir, essas minhas filhas põem qualquer um louco; devia tê-las casado com os Abreus, em pouco tempo teria dado fim àquele magote de desgraçados.

Antônio Leite se recolheu e encontrou o irmão dormindo.

Naquela noite demorou muito a dormir e claro que sonhou com Catarina. Sentiu outra vez o cheiro dela, o contato da pele daquela mulher esplendorosa e ficou inundado com a beleza de tão rara criatura.

Durante a noite sonhou que ela despia-se pra ele, enquanto ele tremia. Oferecia a ele uma nudez completa, de coxas, de seios, de ancas, de pescoço e umbigo, pois Antônio Leite gostava muito de pensar nessas partes do corpo de uma mulher, mas o que o deixara mais maravilhado era o sexo que Catarina o deixara fitar sem pudor, um sexo pequeno e glabro, como uma flor de mandacaru nascendo.

Antônio Leite acordou todo galado. O pau rijo latejava de tanto desejo e ele gozou vezes seguidas, depois caiu no sono de novo, exausto.

Acordou novamente apenas quando Amaro veio dizer que se aprontassem para ir embora, pois o velho não mais os queria ver em suas terras.

Uma vez prontos para ir, os mesmos negros que os tinham capturado os levaram de volta e indicaram um caminho que levaria à povoação mais próxima.

Antônio Leite parecia extraviado do mundo.

Estava mais esquisito que de costume, tão esquisito que José Leite resolveu não fazer perguntas e apenas andar.

[XXXIII]

Quando partiram das terras dos Carolinos, Antônio Leite passou um longo tempo vivendo como se fosse um mamulengo, como se existisse em razão de sopro alheio.

Dava pena ver.

Quase não falava e quando falava não falava com o irmão, falava sozinho e sorria sem ver de que e quando o irmão entendia o que ele falava, entendia que era uma só palavra: Catarina, que ele dizia como se com isso pudesse trazer para perto de si a filha mais velha de Raimundo Carolino.

Porém, a vida de calunga de Antônio Leite acabou quando o irmão mais velho achou que devia fazer alguma coisa.

Naquele dia, ou melhor, naquela noite, acordou e viu Antônio Leite se enroscando como cobra, esfregando no chão as partes pudendas e sorrindo.

Estava feliz, Antônio Leite. Por certo pensando em Catarina, na brancura, na quentura de Catarina, mas quando abriu os olhos viu o irmão, que disse:

— Tu não tens vergonha?

Ele ficou calado.

— Estavas te esfregando no chão. Aposto que estás todo galado e com o calabrote todo lapiado.

Antônio Leite permaneceu em silêncio.

— Estás viçando, Tom? Viçando como uma égua no cio. Como uma quenga safada. Tu estás no cio, Tom? Como a doida?

Antônio Leite puxou o ar com força e José Leite prosseguiu:

— Não adianta me olhar assim. Está errado. O negro que matou nosso pai e desonrou nossa mãe está vivo e tu, por seres donzelo, ficas aí galando as pedras porque roçaste o corpo de uma mulher. És mesmo um tolo, Tom. E se estás no cio, eu sou homem bastante pra te castrar.

Ao ouvir aquilo, Antônio Leite partiu pra cima de José Leite, que, surpreso, não pôde se defender como devia e apanhou muito no rosto, mas, por fim, acabou por subjugar o irmão, que desde aquela briga, embora continuasse enamorado, buscou conter os excessos de sua alma e os humores do seu corpo jovem, pois não gostava de ser repreendido, ainda mais quando a repreensão era justa, porém a verdade é que não esqueceu Catarina.

[XXXIV]

Imagine o senhor que é homem de muita sabença e ainda temente a Deus, imagine a senhora que é dama de bons sentimentos: imagine dois rapazes, quase dois meninos, perdidos no mundo e imagine o que o mundo não faria com eles?

Se duvida que o mundo fosse malvado e hostil, imagine ficar indefesa e logo chegará à conclusão de que o homem é bicho malino, de pouco caráter e muita peçonha.

Foi o que os rapazes descobriram poucos meses depois de fazerem do mundo a casa, quando Manuel Bernardino acolheu-os em sua propriedade e tratou-os bem. Tratou-os como lordes e sempre trazia gente e mais gente para que os meninos contassem a história de sua desgraça, e quando eles contavam, perguntava o que o negro fizera com a mãe deles e de que tamanho era o calabrote do negro, só para ver os meninos vexados.

Ou então pedia para que José Leite dissesse, ou melhor, fizesse a pantomina de como faria para sangrar o negro.

Os meninos faziam aquilo porque estavam famintos e também porque, embora desconfiassem de que eram motivo de mangação, ainda acreditavam que ninguém, com exceção de Rio Preto, que era negro por derradeiro, era ruim sem motivo.

Pobres inocentes.

Porém, embora inocentes, de burros os filhos de Francisco Leite não tinham nada, por isso quando passaram a desconfiar seriamente de que eram motivo de troça, apenas para gáudio dos amigos e apaniguados de Manuel Bernardino e dele próprio, ameaçaram ir embora, razão pela qual o malvado hospedeiro chamou o Padre Malaquias, que fechou o corpo dos rapazes, em uma caçoada que ofendeu até a Deus, nosso senhor.

E em seguida, com riqueza de detalhes, os informou que Rio Preto encontrava-se no Ceará, onde agia sossegadamente.

Os meninos perguntaram apenas em que direção ir, e Manuca Bernardino os enviou para as terras de Herculano Cartaxo, homem desumano, que aleijara os próprios filhos de tanto surrá-los.

E lá foram os meninos, com indicação de pararem em muitas fazendas e sítios, cujos proprietários já estavam prevenidos para continuar a mangação; porém, já em terras do Ceará, que uns dizem era Mauriti, outros, Vendas do Rio

Salgado e ainda outros, Barro, os meninos, por assim dizer, toparam com um homem que às vezes parecia de bem e às vezes, doido. O homem apresentou-se como Brabuleta e disse exercer o ofício de comissário volante.

O homem conquistou a simpatia deles e depois, logo depois de comerem um mocó caçado pelo novo amigo, souberam da cascavelice, pois Brabuleta resolveu contar:

— Gostei. Gostei muito dos dois. São bons meninos, sabidos, não sei como não perceberam.

— Perceberam o quê? — perguntou Antônio Leite.

— Que são motivo de troça desde as terras de Manuel Bernardino.

— Motivo de troça?

— De mangação.

— Mas por que, se todo mundo para para ouvir nossa história? — respondeu José Leite.

— Porque ninguém ou quase ninguém acredita que vão conseguir mesmo matar Rio Preto, coisa que os tocaieiros da velha Josefa não conseguiram.

— Então por que Manuel Bernardino nos deu casa, comida e pólvora?

— Para rir dos dois. Nunca perceberam? Os dois serviram de basbaques. É um homem ruim, Manuel Bernardino.

— Eu não acredito.

— Ele chama os dois de patrajonas. As patrajonas de Rio Preto.

— Patrajona? O que é patrajona?

— É rapariga de soldado, que é o pior tipo de quenga que há, pior até que rapariga de cego.

— Mas Rio Preto não é soldado!

— Isso não importa. Chama os dois de patrajonas.

— Entonces por que avisou a todo mundo que nos ajudasse a chegar às terras de Herculano Cartaxo?

— Porque Herculano Cartaxo é um cão dos infernos, que aleijou os filhos de tanto judiar deles. Bernardino quer saber o que Herculano vai obrar com os dois quando entrarem nas terras dele sem pedir licença ou quando contarem que Rio Preto está por ali. Na certa vai pensar que é alguma chacota e vai tirar o couro dos dois. Herculano Cartaxo não é homem com quem se brinque.

— Mas que perversidade, Tom, o que achas? É possível que haja gente tão ruim no mundo?

Brabuleta quase sorriu da ingenuidade do rapaz, pois José Leite estava desconsolado, mas Antônio Leite logo respondeu:

— Eu bem que desconfiava que ele mangava de nós, mas aí veio o padre.

— É mesmo, e o padre? O padre também mangava de nós? — perguntou José Leite, esperançoso de que não tivesse sido alvo daquela brincadeira de mau gosto.

— Aquilo lá é padre? Aquilo é um frascário, um pau de bosta. É uma vergonha para a Igreja de Deus — disse Brabuleta.

— Ele está falando mal de um padre. De um homem que veste batina. Tu ouviste, Tom, o que esse doido falou?

Antônio Leite fitou o irmão por um instante e respondeu:

— Ele está certo. Não lembras como perguntavam pelo calabrote do negro e, diante das moças que não pareciam tão moças, como pediam para que tu imitasses como sangrarias Rio Preto? Lembra quando trouxeram o bacorinho, como riam?

— Tom, riam de mim. Riam de nós, da nossa desgraça. Que maldade.

E José Leite começou a chorar como um menino que sofreu uma grande tirania, mas que não tem a quem queixar-se.

Chorou muito, enquanto o irmão parecia atônito e Brabuleta fumava um cigarro de palha, um lasca-peito enorme, que espantaria até morcego.

Quando serenou, José Leite disse com raiva:

— Tom, eu vou voltar lá e matar Manuca Bernardino, o padre e tudo. Eu vou tocar fogo no mundo.

— Cala a boca, temos é que matar o negro, o bandido. Quando a gente matar Rio Preto quero ver quem vai mangar de nós!

— Depois a gente mata Manuel Bernardino.

Antônio Leite fitou o irmão como se ele fosse uma criança e disse:

— Se a raiva não tiver passado, a gente mata e ainda estrompa as filhas dele.

José Leite sossegou imaginando que estromparia as filhas de Manuel Bernardino na frente dele.

Brabuleta ainda fumava.

[XXXV]

No caminho para Catingueira, José Leite acordou assustado. Suava e respirava forte tentando se acalmar, enquanto o irmão dormia, até que começou a chorar, o que despertou Antônio Leite, mas foi José Leite quem primeiro falou:

— Tom, eu tô com medo.

— Com medo de quê? — perguntou Antônio Leite depois de cuspir o mingau das almas que trazia na boca.

— De muitas coisas.

— Medo de quê?

— De ter emprenhado a doida, de ir pro inferno.

— E por que tu irias pro inferno?

— Ora, por quê? Eu matei um homem. Um não, dois.

— Um te pediu para que o matasse e o outro ia matar a traição.

— Eu sei, eu sei. Mas Rio Preto eu não matei quando tive

ocasião. Tu já me lembraste disso muitas vezes.
— Eu me desculpo, então.
— Não, Tom, não é isso. Eu sonhei com pai.
— ...
— Tom, se Rio Preto escapar eu não sei o que faço. Se o matarem antes eu...
— Por quê?
— Tom, tu lembras como pai era ignorante, como me batia sem dó e sem vê de quê?
— Lembro.
— Quando batia em mãe?
— Lembro.
— Tom, quando ele agia assim eu queria que ele morresse, Tom. Que caísse do cavalo, que uma cascavel o pegasse. Tom, eu sou muito ruim.
— Eu também já quis que ele morresse. Quando batia em mãe, mas era na hora da raiva; quando o sangue esfriava, eu não queria mais, não.
— Comigo o sangue demorava a esfriar ... Tom, eu tenho que matar Rio Preto. Se eu matar Rio Preto sei que pai me abençoa de onde ele estiver.
— Mas nós vamos matar aquele negro.
— Há três anos a gente diz isso. Eu tive a oportunidade e não matei.
— Vamos matar.
— Tom?
— O que foi?
— Tu já quiseste que mãe morresse?
— Mãe? Não. Mãe eu nunca desejei que morresse.
— Eu também não, mas devia. Não desejei a morte de pai? E ela não fazia nada quando eu apanhava.
— Pra que, pra apanhar também?
— Tom?

— Que foi?
— Eu gostei quando ele morreu.
— Gostou?!
— Gostei. Assim ele não ia mais me chamar de chorão, de boi do cu branco. Não ia mais me bater. Bater em mãe. Mas depois eu me arrependi. Não queria que ele tivesse morrido, não. Tu também?
— Eu não, mas já quis que tu morresses.
— Eu?
— É.
— Tom, Tom, mas por quê?
— Quando eu era pequeno, pra ficar com aqueles calungas que tio Bastião te deu.
— Mas Tom, tu querias que eu morresse pra ficar com aqueles calungas? Se tu pedisses eu te dava.
— Mas não era pra valer. Eu queria era os calungas.
— Não querias me ver morto?
— Não, queria não, só às vezes.
— Tom, será que pai me perdoa, porque eu gostei que ele morreu? Quer dizer, não gostei não, mas por um lado foi bom. Mas eu nunca sofri tanto, Tom. Ele morreu. Nunca mais vai me bater.
— Ele perdoa, sim.
— E como tu sabes?
— Porque eu perdoava e quando mãe tinha raiva de mim, dizia que eu era pior que pai. Mais rancoroso.
— Isso tu és mesmo, querias ver teu irmão morto, pra mode ficar com uns calungas.
— José, José, deixa de chorar e avia, senão o cego Lula vai embora de Catingueira.
— É mesmo, mas eu tô com uma fome da moléstia. Ainda sobrou alguma coisa do tatu?
— Os ossos.

[XXXVI]

Foi em Cajazeiras, onde Rio Preto não estava, que os rapazes descobriram que o Brasil declarara guerra à República do Paraguai; que o tirano Solano López havia ousado invadir o Brasil, levando o imperador a, por sua vez, invadir o país dele. Por isso, aconselharam os irmãos que tivessem cuidado, pois logo os recrutadores estariam pelas feiras e pelos caminhos, arrebanhando gente pra guerra.

Mas o que preocupou mesmo os meninos foi a informação de que os criminosos também poderiam ser recrutados, e como Rio Preto era criminoso, poderia ser levado para o Paraguai. E se de lá voltasse vivo estaria perdoado e ainda ganharia uma pensão do imperador, razão mais que suficiente para que os irmãos Leite tivessem a seguinte conversa:

— Tom, onde é que fica o Paraguai?

— Não sei, mas deve ser muito longe.

— Entonces não é encostado ao Brasil, não, assim como Pombal e Jardim do Rio do Peixe?

— É, mas o Brasil é muito grande. Maior que a Paraíba.

— Maior que a Paraíba?

— É, eu vou perguntar a Brabuleta. Ele deve saber explicar melhor.

— Mas Tom, tu achas que capturam Rio Preto? E se capturarem a gente? O homem disse que os recrutadores laçam gente como se fossem bois.

— Eu não sou um boi. A mim não me pegam e nem a Rio Preto.

— Tu és muito absoluto, Tom.

— Só disse que a mim não pegam.

— A guerra é como uma briga grande, isso eu entendi, mas quem tu achas que ganha a guerra?

— O Brasil, ora, claro que o Brasil ganha.

— Por quê? E se o Paraguai for como aqueles reinos antigos que...

— O Brasil ganha. O Paraguai nem rei tem, tem um tirano. O Brasil tem mais que um rei, tem um imperador, que é um rei mais importante que um magote de reis.

— E o que é um tirano?

— Não sei, mas não é tão importante quanto um imperador.

[XXXVII]

Foi também em Cajazeiras que os meninos do colégio contaram a José e a Antônio Leite o que se passara em Teixeira.

É verdade que de uma parte eles já sabiam, mas da outra, não.

Fora mais ou menos assim: Liberato Nóbrega era subdelegado, o delegado mesmo era Delfino Batista, mas quando os irmãos Guabirabas, que eram três mais um cunhado, pediam homizio na terra e os Dantas garantiram, Delfino amofinou-se e Liberato, que tinha cabelo na venta e sangue no olho, assumiu.

Avisou logo que os Guabirabas fossem à feira, desarmados. O mais fogoso deles, Cirino, exultou com o recado e foi à feira em um cavalão bonito, armado até os dentes. Na feira comeu, bebeu e praguejou à farta, mas ao voltar para o sítio onde estava homiziado, tinha que passar por um caminho estreito, uma ladeira que desembocava em uma espécie de praça com algum casario: o salão.

E foi lá que Liberato montou a emboscada, pois assim que o bandido entrou no salão ouviu-se um assobio e João Luz pulou na frente do cavalo. Com destreza, segurou as rédeas e deu voz de prisão ao facínora.

Ele zombou do cabra, sacou o clavinote e atirou na cara do infeliz; no mesmo instante pipocaram tiros por todos os lados, mas o alazão instruído: relincha, pinota, escoiceia, e quando João Caboclo e o negro Benedito Ludgero deram as caras, o primeiro teve o ombro esfarelado por um tiro do Guabiraba e o segundo, a caixa dos peitos arrombada por um coice do cavalo, que já sangrava.

Mas eram nove os que estavam de tocaia, portanto Moreira, amigo fiel de Liberato, aparece e Cirino dispara contra ele, não acerta e Moreira puxa o gatilho do seu lacambeche e o chumbo encontra o pé de barriga do valentão, cujas tripas saltam, mas se o cavaleiro teve morte imediata, o cavalo não, razão pela qual arrastou ainda por muitas braças o corpo de Cirino, até também cair morto.

Liberato mandou jogar o cadáver do famanaz de um barranco e refez a emboscada esperando os irmãos, que poderiam vir atacar o Teixeira.

A espera foi longa, mas os irmãos, embora jurassem vingança, não vieram, foram até o Ceará ganhar dinheiro e juntar espíritos piores do que eles.

Até aí, José e Antônio Leite sabiam, o que não sabiam e souberam pelos meninos do colégio é que os Guabirabas voltaram a Teixeira alguns meses depois e, no salão, ao avistarem um velho doente tomando uma fresca em frente de casa, atiraram, por brincadeira, e o mataram. Alguns disseram que descavalgaram, furaram o pescoço do doente e se abeberaram do sangue dele, mas Antônio Leite pôs aquilo na conta de exagero. O que não foi exagero é que os Guabirabas entraram em Teixeira disparando, fazendo ameaças, xingando, e como não encontraram Liberato, que morava em um dos arredores da vila, entraram na casa do ex-delegado Delfino Baptista, que nada tinha a ver com a morte de Cirino, e o retalharam como a uma rês. Depois, informados do paradeiro do inimigo, seguiram para a casa de Liberato, que resistiu ao fogo durante horas seguidas, por tanto tempo que os Guabirabas desistiram.

Porém, o que os celerados não conseguiram, os Dantas, que não perdoaram a ofensa, o ultraje, de Liberato ter emboscado um dos protegidos deles, a bem dizer dentro da vila, houveram por bem alcançar, pois começaram a persegui-lo. Abriram processo o acusando do assassinato de Cirino e de muitos outros crimes, e, como a política virara — Liberato era conservador e os Dantas liberais —, o prenderam, mas, auxiliado pelo irmão, de nome Franco, e pelo primo Justino, em um tiroteio cerrado de muitas horas, fugiu da cadeia e começou vida errante, porque os Dantas juraram que iriam recrutá-lo para a guerra do Paraguai. Contudo, como o ex-delegado tinha muitos amigos, seguia livre, embora perseguido.

Os irmãos lamentaram a sorte ou a má sorte de Liberato, que haviam conhecido no Teixeira, em casa de Ugolino, mas ponderaram que era preferível à deles, que havia quase três anos varavam serras e ribeiras para matar o assassino do pai.

Até ali, em vão.

[XXXVIII]

— Aviem, meninos, fujam que Rio Preto tá perto, dizem que no Pinica-Pau, na Carneira ou na Malhada do Umbuzeiro, já que em Catingueira ele não põe os pés porque tá cheio de mata-cachorros.

Ao ouvirem a notícia do almocreve assustado, os meninos sorriram não só com os lábios, os dentes, mas também com os olhos, com a face inteira, com o corpo todo.

Não aguentavam em si de contentamento e prosseguiram sem medo, a passo acelerado, até o Pinica-Pau, que era o lugarejo mais próximo do trecho da estrada em que se encontravam.

Não era longe, Antônio Leite ia à frente e sorria. José Leite também sorria. Tão satisfeito que, de vez em quando, alisava o cabo do clavinote.

E nesse passo não demoraram a chegar ao Pinica-Pau, onde encontraram tudo tranquilo, pois Rio Preto não passara por ali. Os irmãos deram o alerta e foram embora para a Carneira, mas já com o passo e a vontade frouxa pelo desengano, porém, no caminho que tomaram, que não era o mais usual, viram, de cima de um carcavão, um sinal inequívoco de que Rio Preto estava nas cercanias: era o corpo de uma mulher amarrada, já bicada pelos urubus.

A mulher estava sentada, com as pernas abertas, as mãos amarradas ao tronco de uma craibeira. A cabeça pendia desajeitadamente, como uma fruta estragada.

Ao se aproximarem, os irmãos espantaram os urubus e perceberam que não era uma mulher, era uma moça, mas tinha a cara toda estufada, estava aos farrapos; no rosto e no corpo se viam manchas arroxeadas e uma procissão de formigas pretas a percorria de cima a baixo e lambia uma baba nojenta que escorria de certas feridas.

José Leite fugiu daquela visão e foi vomitar, mas Antônio Leite se aproximou ainda mais e percebeu que a boca, os buracos da venta e os ouvidos da moça tinham sido entupidos com areia, que fora mais socada, mais pilada que paçoca. Antônio Leite imaginou então o que teria acontecido com a mocinha, que provavelmente servira de repasto para a cabroeira inteira e teve tanta raiva que tremeu, enquanto fitava o rosto da infeliz, até que o irmão, recomposto, se aproximou e disse com um bafo de velho:

— Tom, Tom, que maldade, que malvadeza.
— Nós temos que matar esse negro.
— Tom, devem ter passado a pica na moça. Terá sido antes ou depois de matar?
— E que importância tem isso, queres passar a pica nela

também, como querias fazer com a...

— Não precisa me lembrar, Tom. A gente faz o que agora?

— A moça não deve ser do Pinica-Pau, senão já tavam procurando ela, deve ser da Carneira ou da Malhada do Umbuzeiro, já morreu há dias. Vamos até a Carneira dar o aviso.

— Ela não era do Pinica-Pau, mas pinicaram o pau nela.

— Tu és... Se tivesses atirado há três anos não teria acontecido nada com a moça agora.

José Leite, que falara todas aquelas besteiras para não pensar muito no que vira, começou a chorar, e Antônio Leite tomou o caminho da Carneira, mas antes disse ao irmão, ainda com raiva:

— Fique pra espantar os urubus.

A moça era mesmo da Carneira, mas Rio Preto não passara por lá, razão pela qual, assim que José voltou ao pé de craibeira, com os irmãos dela, que ainda não estava sendo procurada por um mal-entendido qualquer entre parentes que se visitavam, partiram sem demora para a Malhada do Umbuzeiro, que era o lugar que Rio Preto atacara, deixando um rastro de morte, dor, estupidez e ruína.

Outra vez, os irmãos Leite chegaram atrasados, e irritados consigo mesmos seguiram para Catingueira, pois pensaram que talvez o cego Lula soubesse do paradeiro do negro, de algum coito, quem sabe?

[XXXIX]

José e Antônio Leite não se permitiam a felicidade. Sempre que estavam felizes lembravam-se com culpa de que tinham um dever a cumprir e que sem cumpri-lo era quase um pecado a alegria; por isso, quando se lembravam do que tinham a fazer, fechavam a cara.

Como eram ingênuos os filhos de Francisco Leite.

Porém, não conseguiram esconder o contentamento quando chegaram pela primeira vez à fazenda Carnaúba, do Major Lourenço Marcolino, que acolheu os visitantes com bonomia, pois o homem estava feliz da vida e não era à toa: o inverno fora bom e o gado se multiplicara, mas estava feliz mesmo porque a fazenda dele fora escolhida para nela ocorrer a apartação de toda a ribeira.

Apartação que já acontecia, motivo também do contentamento dos meninos, que, como todo vivente da Ribeira do Piranhas, já tinham sonhado em se tornar vaqueiros, por isso, ver aqueles homens todos, galantes e encourados, trazer os animais de tudo que era canto para a festa, era motivo de grande e genuína alegria para os filhos de Francisco Leite.

Por conseguinte, assim que se deram conta do próprio contentamento, quiseram partir, mas o major Marcolino insistiu que eles ficassem, pois logo seria o dia da corrida de mourão, da vaquejada.

Os meninos ficaram, com um sorriso no rosto e uma pontada de culpa, vendo e participando de toda aquela alegria, porque depois de reunido o gado da ribeira, os barbatões sendo tocados pelas varas de ferrão, ocorria a partilha.

E os meninos gostavam de descobrir na anca do gado não a marca do ferro da ribeira, mas a do fazendeiro, assim como o sinal picotado na orelha, que não deixava dúvida de quem era o dono do boi.

Mas a apartação já estava mesmo no fim, pois o gado, que era criado solto durante o ano, já tinha sido levado, quase todo, a quem de direito, e os animais mais bravios encontravam-se recolhidos no curral. Assim, quando chegou o dia da vaquejada, da brincadeira, da festa, os meninos se esqueceram de Rio Preto, pois, tocado para fora do curral, o boi brabo da vez saía em disparada; um vaqueiro montado, o esteira, emparelhava com o animal para que este mantivesse a direção e o outro vaqueiro, igualmente montado e galopando do outro lado do boi, tentava derrubá-lo, e cada um tentava demonstrar maior habilidade: havia os que derrubavam o boi com a vara de ferrão, mas eram poucos; outros empurravam ou puxavam o boi, o que, se o vaqueiro fosse bom, era o suficiente para o bicho cair; porém, a técnica mais usada era a da mucica, quando o vaqueiro envolvia o rabo do boi na mão e depois puxava com força para derrubar o bruto.

O ideal era que o boi caísse de pernas para o ar, porém, se ele virasse o mocotó, ou seja, se rebolasse na terra, era prova de que o vaqueiro era mesmo habilidoso, era o triunfo supremo, e os fazendeiros não se importavam muito com as perdas, pois acontecia sempre de um ou outro boi quebrar a perna ou mesmo o pescoço na queda. Fazia parte da brincadeira, assim como fazia parte que alguns vaqueiros não conseguissem derrubar o boi, recebendo como prêmio não os aplausos e os olhares admirativos de todos, mas uma grande assuada.

Concluída a brincadeira, havia comida, bebida e cantoria de pé de parede.

Mas o que fez os meninos não esquecerem aquela apartação em terras do Major Marcolino foram duas coisas.

Antônio Leite não esqueceu a cantoria, que durou quase até o dia amanhecer.

No desafio se defrontaram Inácio da Catingueira e o cego Lula, e cada um que cantasse melhor que o outro.

José Leite, no entanto, não esquecia a visão de uma mocinha, neta do major, com quem ele não trocara uma palavra e vira por um minuto, mas a quem daria o sete-estrelo, caso ela pedisse.

Por isso, depois que partiram das Carnaúbas, agradecidos ao Major Marcolino e sentindo-se culpados pelo tempo que desperdiçaram não caçando Rio Preto, José Leite não cansava de repetir as mesmas quadrinhas, que aprendera com um vaqueiro dos Agápitos. As quadrinhas eram bonitas, mas José Leite as repetiu tantas vezes que Antônio Leite o socou na barriga, para que o irmão se calasse.

Eram assim as quadrinhas:

*O rei mandou me chamar
pra casar com sua fia,
o dote que o rei me dava,
Europa, França e Bahia.
Eu fui e lhe respondi
qu'era pouco e não servia!
Que eu voltava ao Sabugi,
mode casar com Maria.*

[XL]

O diabo, de vez em quando, aparece para estragar cantoria, quase sempre na figura de um rosalgar que, sonso, desafia os cantadores com um mote que ninguém é capaz de glosar, mas só aparece em cantoria que dura mais de uma noite ou quando um cantador está tão inspirado que faz até o que Deus duvida, porque o diabo é vaidoso e vem ao mundo para pôr água na fervura e estragar o triunfo de um filho de Eva.

Portanto, não aparece a qualquer um. Dizem que calou o grande Romano da Mãe d'Água, Manuel Cabeceira e Inácio, mas só quem o venceu mesmo foi Nicandro, que não gosta de falar no assunto.

Na realidade cantador nenhum gosta de falar no assunto, porque não é bom falar no diabo.

Porém, digo o que Nicandro não gosta de dizer: vencido, o diabo fez a mesma pantomima que fazia quando ganhava, quando ninguém glosava o seu mote, deu um pinote, um papoco e não se viu mais nada, mas a catinga de enxofre se espalhou e ninguém conseguiu mais permanecer no lugar onde ocorrera a cantoria.

E que lugar fora esse?

Ninguém sabe ao certo. Para os de Teixeira, foi em Patos das Espinharas; para os de Patos, foi em Teixeira, ou quem sabe em Santa Luzia, no Sabugi; mas há quem jure que tudo ocorreu em Patu, no Seridó do Rio Grande ou em Flores, em Pernambuco, na ribeira do Pajeú. Por fim, há quem diga, até hoje, que tudo se deu em Olho d'Água, que ninguém sabe onde fica e pode ficar em qualquer lugar.

E era nisso que pensava Antônio Leite, que naquele dia andava como se não estivesse andando, como se tivesse a cabeça em outro mundo. Nessas ocasiões, o irmão dizia que ele estava aluado, pois se José Leite o chamasse, ele dava um pulo de susto, como um menino que é pego fazendo arte.

Naquele dia, Antônio Leite pensava que talvez o diabo aparecesse e só Nicandro mesmo, que nunca cantava a dinheiro, mas só quando queria, pelo prazer de cantar, poderia vencê-lo, porém pensava que a boca do povo da rua, da gente de praça, inventa muita coisa, aumenta, e só assim era possível entender o que ouvira sobre seu pai, por ocasião das festas de fim de ano, que passara em Patos.

Ouviu um velho contar, sem que o velho soubesse quem ele era, que Chico Leite provocara a desgraça da família.

Dizia o velho que Chico Leite — e mudou a voz para acentuar o que dizia —, muito rico e muito arrogante, dissera por mais de ano, em toda bodega que entrava, que Rio Preto fazia e acontecia com outro. Com outro; com ele, não.

E como sempre há gente ruim no mundo, algum malvado ouviu e foi dizer a Rio Preto, que o matou a traição, em uma emboscada, e depois estrompou a viúva.

Tudo falso. Primeiro que o pai, até hoje Antônio não sabia

por que, embora atendesse quando o chamavam de Chico, não gostava, preferia que o chamassem de Francisco; segundo, que o pai era pobre, não tão pobre, mas não era rico, isso não era; terceiro, que era calado, de poucas palavras e nunca que ia contar vantagem em uma bodega, pois gostava de tudo nos conformes, de tudo perfeito e qualquer erro, qualquer ordem descumprida, apanhava todo mundo, principalmente o irmão, que era o que mais falava. E quarto, que ele mesmo vira, o pai morrera em casa, defendendo a mãe, porque ele vivo, não faziam aquilo com a pobrezinha, que Francisco Leite não era homem de falar, era de fazer.

O que será que estavam dizendo dele e do irmão?, pensou Antônio Leite e chegou à conclusão de que deviam estar exagerando, ou para mais ou para menos, mas nunca dizendo a verdade, e lembrou-se de outro exagero, lembrou que ouvira, dessa vez em Cajazeiras, que Rio Preto fugira da cadeia subindo por uma escada de mão, porque disseram que a cadeia era um fosso da casa de Câmara da Vila do Teixeira, da qual a única entrada era como a abertura de um alçapão, cuja tampa só era erguida completamente para fazer entrar algum infeliz ou fazer sair algum felizardo, o que dificultava a fuga de qualquer um, mas...

Mas Rio Preto, como não tinha mais nada a fazer, ficou atento, esperou uma oportunidade e, quando abriram o alçapão e lá enfiaram uma escada para retirar certo Manuel Rodrigues, quem saiu foi Rio Preto, que deu de cara com dois soldados, roubou o sabre de um e matou o outro com um pontaço, depois pulou a janela e não teve quem o pegasse, e isso em plena luz do dia.

Antônio Leite sabia que não fora assim, mas lembrou que ele mesmo, quando contou a história da fuga de Rio Preto, não sabia mais onde, também acrescentou um detalhe, um cancão que dera o aviso da fuga do celerado, e pensava nisso quando José Leite, que não aguentava mais o silêncio, o cutucou nas costelas. Ele pulou de medo, teve um susto medonho, como se alguém tivesse descoberto o que ele pensava.

O irmão riu e ele ficou encabulado, até que o irmão disse:

— Tom, se tu não fosses meu irmão, eu podia jurar que tu és mais doido que Brabuleta.

[XLI]

Quando chegaram a Catingueira, já era noite e Antônio Leite estava irritado. E ficou ainda mais irritado quando percebeu que a maior parte dos vaqueiros e almocreves já tinha partido. Mesmo assim, os dois foram até a bodega de Manuel Carapina, que não era carapina coisa nenhuma, mas, ao chegar ao estabelecimento, uns gaiatos não quiseram deixar que eles entrassem.

Antônio Leite fez cara feia e irritou-se de um modo que ele mesmo estranhou, mas, antes que alguma palavra pesada demais houvesse sido dita, apareceu Liberalino, que era tio dos mal-aventurados, embora contasse apenas uns cinco anos a mais que os sobrinhos.

Liberalino falou com um e com outro, arrancou sorrisos e fez com que os meninos entrassem e lá eles entenderam o porquê de terem sido barrados, estava ocorrendo algo incomum: um homem já velho, vestido de maneira extravagante, e cinco mulheres vestidas, ou melhor, pouco vestidas, hipnotizavam a plateia de comboieiros e almocreves. O homem contava a seguinte história:

"Aconteceu, deixa-me ver, no Olho d'Água ou no Mela Bico, acho que no Olho d'Água. No Olho d'Água, o homem mais temido, mais brabo, era Otoniel, um velho do bigodão, ignorante como um barbatão, mas Otoniel era pai de filhas bonitas, por isso, todo mundo queria frequentar a casa dele, o que poucos conseguiam. Quem teve sorte foi Melchíades, um amarelo muito do sabido que acabou namorado da filha mais bonita dele. Dizem que era tão bonita quanto as Carnolino. Mas cadê coragem pra pedir a moça em casamento? Porque era frouxo o amarelo, e bote frouxo nisso, até que um dia, um sábado, resolveu que dali não passava; tomou umas duas bicadas de cana, ele que não tinha costume de beber, e foi falar com o velho. Disse assim:

"— Seu Otoniel, eu vim pedir a tabaca da sua filha em casamento.

"Seu Otoniel ouviu aquilo, arregalou os olhos, pregueou a testa, coçou a cabeça e demorou a responder — Melchíades naquela agonia —, até que finalmente o velho respostou:

"— Oxente, e não é mais a mão que se pede, não?

"E Melchíades ainda impaciente.

"— Pelo amor de Jesus, Seu Otoniel, não me fale em mão, não, que de punheta eu tô até aqui!

"E pôs a mão na altura da venta".

A história fez muito sucesso. Os homens riram e as mulheres riram ainda mais, a ponto de se requebrarem mostrando mais que o mocotó.

José Leite não ouviu a história, porém estava encantado com as mulheres.

Depois o homem, que chamava Futrica, disse que ia contar a história da criação do mundo, segundo ouvira de um cantador famoso, e começou alteando a voz, que fez muito desafinada por querer mesmo. Contou:

Fui ver se escutava a forma
Como foi a criação
Quase pude conseguir
Como ela foi então
Faltou-me achar a parteira
Que pegou o velho Adão.

Antes de nada existir
Cousa alguma não havia
Nem céu, nem terra, nem mar,
Nem luz, nem ar existia
Mas nos diz a escritura
Deus sobre as águas vivia.
Aqui faço reticência
Nada valeu o estudo
Quem for pensar neste dogma
É capaz de ficar surdo
Porque se existia água,
Assim não faltava tudo.
Porque nos diz a história
Céu e terra não havia
A mesma história confirma
Que Deus nas águas existia
Porém não diz onde eram
As águas onde vivia.
Creio que Deus um dia disse
Vou fazer a criação
Mas o céu já era feito
Pois era a sua habitação
Deus não morava nas águas
Que não era tubarão.
Deus fez a terra e o mar
Mandou que a terra criasse
O gênero da animaria
Que sobre ela pisasse
E o mar criasse peixe
Que em suas ondas nadasse.
Depois que a terra enxugou
Ele fez uma olaria
Fez o diabo e o homem

Sendo Adão da parte fria
Fez o diabo da quente
Que o fogo lhe competia.
Disse o diabo ao senhor
Com isso não vos ataco
Vossa obra está aqui
Deixa-me dando o cavaco.
Fizeste a mim e ao homem
Mas ainda falta o macaco.
O senhor disse ao Diabo:
Não entre nos meus assuntos
Está vexado por macacos
Espere que faça muitos
Visto você está vexado
Então o faremos juntos.
O diabo aí ficou
Que só quem está em ressaca
Disse entrando ali:
Aquela obra sai fraca...
Pegou atropelar Deus.
Lá fizera uma macaca!
Deus disse: eu bem não queria
Que tu não metesse a mão
Disse o diabo: é verdade,
Erramos, porém então
Chama-se a bichinha Eva
Pode casar com Adão.
Eis a principal história
Porque foi tudo dirigido,
A mulher veio do macaco
Do barro veio o marido
O que não pensar assim
Saiba que está iludido.

Depois de contar a história, Futrica continuou:

— E a prova maior de que a mulher veio do macaco é esta.

Ergueu a mão da mulher mais vistosa que o acompanhava, que era mais alta que ele e muito negra, de dentes brancos, de olhos grandes e de muita graça, fazendo com que ela se mostrasse à assistência, que seguiu os movimentos dela, atenta como uma cascavel caçando uma presa.

E prosseguiu:

— Pois essa é a minha macaca.

Tirou do bolso uns pedaços de rapadura, pôs na palma da mão e disse:

— Come, minha macaquinha.

E a mulher, sem usar as mãos, como se fosse um carneirinho, lambeu a mão de Futrica para comer a rapadura.

Ninguém tirava o olho dela.

Depois, o velho continuou a sem-vergonhice.

— Mas macaca gosta mesmo é de banana.

Tirou, sem demora, uma banana enorme do bolso, deu à mulher e logo repetiu:

— Come, minha macaquinha.

E a mulher descascou a banana com tanta faceirice, com tanto dengo e depois foi comendo a fruta, aos poucos, com tanta saliência, que José Leite, o mais atento, melou-se.

Por fim, o velho falou:

— Essa minha macaca é muito boazinha, faz de um tudo, mas só a quem ajudar a família dela, que tão tudo passando fome no país dos homens pretos.

Quem tinha dinheiro ofereceu ao velho, que contou e disse:

— Acho que basta.

Um vaqueiro, liso, gritou:

— Eu dou um garrote.

O velho respondeu:

— E o garrote chega lá morto... A pobrezinha precisa é de dinheiro de contado. Agora não pensem que é todo mundo que ela pode agradar, é não, é um só, o que for mais inteligente e responder uma adivinha simples, simples:

Reparem bem no que eu vou dizer e me respondam:
Enquanto meu pai vai e vem,
Minha mãe mostra o que tem?

Todo mundo ficou calado, alguns com ar maroto, até que Futrica respondeu:
— É o mar e a praia, mas como ninguém aqui conhece o mar, eu vou fazer outra, tenham paciência... é, já sei:

Mé sem ser de cana
Lã sem ser de carneiro
E cia sem ser de cavalo
O que é?

Todo mundo calado.
— É melancia — o velho respondeu.
Teve quem não entendesse e já se irritasse, mas Futrica, que não era velho à toa, sossegou a todos e disse:
— Essa não é possível que ninguém saiba:

É pretinho como um gato,
Tem o rabo de gato,
É ligeiro como um gato,
Dá salto como um gato,
Mia como um gato
Mas não é gato.
É o quê?

Liberalino logo sorriu de orelha a orelha antes de responder:

— Ora, se não é um gato, é uma gata, e por mode essa gata, eu é que fico com a macaca.

E como fora ele quem mais dera dinheiro a Futrica, ninguém reclamou e cada um foi procurar comida e dormida, embora os mais animados tenham seguido até a casa, ou melhor, até os quartinhos de Chica Fateira, onde viviam quatro mulheres dama, pra mode sossegar a natureza.

O alcouce, ou melhor, o ricurso ficava a alguma distância do arruado, porque as poucas mulheres de Catingueira tinham cabelo na venta.

[XLII]

Na manhã seguinte não se falava em outra coisa senão na "macaca", e Liberalino, todo ancho, disse tão-somente que valia a pena ser macaco, mas quando a conversa dos homens, que os meninos ouviam, estava se animando, foram interrompidos por uma assuada medonha.

Foram ver o que era e viram como as mulheres de Catingueira, comandadas por Dona Tonha, uma senhora mais robusta que muitos homens, expulsavam Futrica e as "quengas dele" do povoado.

As mulheres ofendiam as "raparigas", puxavam os cabelos de uma e de outra. Futrica tentava impedir e os homens apenas fitavam, divertidos, aquele espetáculo incomum, até que Dona Tonha bateu na "macaca" com força. Esta, embora fosse uma mulher vigorosa, caiu no chão e, antes que as mulheres fizessem uma covardia com ela, Futrica deu ares que resistiria mais do que com palavras, motivo pelo qual os homens resolveram intrometer-se e, mesmo sob os protestos das mulheres, indignadas com a presença das "raparigas", as retiraram dali; enquanto Futrica e suas damas apressavam o passo para longe de Catingueira.

Quando tudo sossegou e os meninos se acharam a sós com o tio, que às vezes era valente como um cão cabeçudo e outras vezes medroso como um boi do cu branco, logo contaram a história que Liberalino já sabia e ouviram dele que careciam buscar sem demora a proteção do mais afamado valentão de feira de toda a ribeira do Espinharas, Minervino Faz Silêncio, que, disse ele compungido, na certa tomaria o encargo de matar Rio Preto.

Os meninos não precisaram dizer que não concordavam, pois olharam com tanto desdém para Liberalino que ele logo mudou de conversa, mas antes se justificou, enquanto Antônio Leite olhava para o dedo que faltava na mão esquerda do tio:

— Não me olhem assim, não pensem que arranquei o próprio dedo por medo de lutar na guerra do López. Fiz porque um Leite é um Leite e não é qualquer um para ser recrutado. O jeito que me olharam prova o que eu já sabia, temos a mesma massa de sangue. Tenho certeza de que ainda vão matar Rio Preto.

Os meninos ficaram contentes com as desculpas e conversa vai, conversa vem, José Leite perguntou:

— Onde fica a casa das mulher-dama?

Liberalino riu e facilitou as coisas:

— Queres ir até lá?

— Eu não tenho dinheiro.

— Mas eu tenho, deixa anoitecer que vamos os três e ainda sobra uma quenga.

— Eu não vou — disse Antônio Leite, e se afastou.

Quando José Leite percebeu que o irmão estava a uma distância segura, disse ao primo:

— Ele não vai. É donzelo e fez uma promessa de não foder até matar Rio Preto. Foi lá em Patu, na igreja de Nossa Senhora dos Impossíveis.

— Se é assim... Mas tu vais?

— Vou, eu preciso galar alguém, senão acabo arrancando os culhões pra acabar com essa agonia.

Liberalino riu e José Leite perguntou:

— E a macaca?

— O nome dela é Rosa e mais eu não digo, gostei dela, mas pena que Futrica não alugue as outras. Dizem que são da família dele, ninguém sabe direito se são a mulher e as filhas, ou irmãs.

— A outra entonces deve ser cativa?

— Deve ser, mas lhe digo uma coisa, seu Zé Leite matador de negro: se eu tivesse dinheiro comprava ela pra mim e não alugava a ninguém. Nem pra gente da família eu alugava.

[XLIII]

Claro que José Leite foi à casa de ricurso e fez um papel safado, mas, apesar da falta de jeito, pois tremia que nem vara verde, fez o que devia fazer e saiu de lá todo ancho e foi logo procurar o irmão, que estava sentado, sozinho, embaixo de um pé de jatobá, longe do pouso dos vaqueiros, onde passara a noite.

Ao se aproximar do irmão, vinha com um sorriso no rosto e um andar de homem realizado, de homem contente consigo mesmo, ou melhor, de rapaz que volta, pela primeira vez, satisfeito da casa da namorada.

Ao vê-lo, Antônio Leite virou a cara. Mesmo assim, José Leite se aproximou e, antes de se sentar, foi logo dizendo:

— Tom, tu não sabes o que é mulher?

O irmão levantou e andou depressa para onde a venta apontava, mas, antes, disse:

— Eu não quero saber.
José Leite deu um pinote e o acompanhou de perto.
— Tu não queres saber o que é mulher?
— Eu não quero saber de tuas histórias.
— Tom, mulher é melhor que banho de açude, galopar e comer carne de vitelo.
— Eu não quero saber.
— E foi mulher, mesmo, não foi doida, não. Mulher, mesmo.
— Eu não quero saber.
— Tom, foi assim, elas se abrem todinha...
Não pôde terminar a frase, porque Antônio Leite, enfurecido, deu-lhe uma cabeçada na barriga, que prostrou o coitado no chão.
José Leite perdeu o fôlego, para logo em seguida se contorcer e gritar de dor, como se tivesse levado uma marrada.
Antônio Leite foi embora sem olhar pra trás ou sentir pena.

[XLIV]

Os irmãos teriam passado semanas sem se falar, talvez meses, porque antes de desistir de contar o que se tinha passado na casa de ricurso, José Leite teria insistido e Antônio Leite teria ficado ainda mais arreliado, mas a providência divina, como é mister dela mesma, interviu, e naquele mesmo dia, sujo de poeira, acompanhado de um menino de olhos grandes e cara de fome, o cego Lula chegava a Catingueira e, quando os rapazes se aproximaram dele, estava tão enraivecido por ter chegado depois que a grande maioria dos vaqueiros já tinha ido embora, que ninguém entendia aquele bodejado de malquerenças; mas o menino, que lhe dera a má notícia, apanhava e recebia um grande quinhão de nomes feios e vitupérios, pois não se agrada ninguém utilizando aquele tom de voz, até que Antônio Leite interviu, timidamente, e como não foi ouvido, José Leite se aproximou e disse com voz mais alta que o normal:

— Cego Lula!

Ele virou-se para o rapaz e o repreendeu:

— Eu já lhe disse que sou cego, não sou surdo e há muito eu já sentia a tua catinga e a do teu irmão.

E, acalmando-se um pouco, continuou:

— É verdade o que esse condenado me disse há pouco? Que quase já não há vaqueiros por aqui?

Antônio Leite respondeu:

— É verdade, sim.

Cego Lula então fez um gesto de desconsolo, para depois animar-se e dizer:

— Pelo menos, eu os encontrei e, como sou homem positivo, gosto de ir logo ao assunto: tenho notícias de Rio Preto.

Os rostos dos rapazes se iluminaram, mas depois desanimaram, pois sabiam que o cego Lula não gostava de ir direto ao assunto e que eles teriam que pajeá-lo por muitas horas, quem sabe dias, para que o nego véio, como lhe chamava Brabuleta, desse com a língua nos dentes.

Mas como tudo tem seu preço, os irmãos Leite não se incomodariam em pagá-lo, e como, depois da "surpresa", o cego Lula pediu para que o levassem à bodega de Manuel Carapina, eles o levaram e prepararam-se para exercitar a paciência.

[XLV]

Manuel Carapina não era conhecido por sua generosidade, e o cego Lula também não, portanto, enquanto o cego comia sem parança e o menino se contentava com os sobejos, os rapazes comeram a matalotagem que traziam consigo, embora Manuel Carapina não gostasse que comessem outra comida que não a da velha Chica Cabocla em sua bodega. Mas o velhaco estava de bom humor e até ofereceu uns caroços de água para que os meninos não engasgassem com a paçoca.

Cego Lula comia calado e o mesmo fazia seu séquito, até que pediu café, quase um luxo, e enquanto bebia, deu início à conversa e soube pelos meninos das presepadas e do alvoroço que Futrica e suas damas tinham provocado em Catingueira, depois lamentou que não tivesse chegado antes pra "ver" a negra, a macaca, Rosa, de quem já ouvira falar maravilhas. Após beber mais um gole de café, silenciou, fez cara de quem imagina algo bom, sorriu, e finalmente falou:

— Só ouvi falar melhor das Carnolino.

Foi quando Antônio Leite contou suas aventuras e desaventuras em casa de família tão famosa. É verdade que não exagerou na beleza das moças, embora tenha falado da casa forte como se fosse um verdadeiro Castelo da Rocha Negra, o que era um belo exagero. Por isso, desconfiado, o cego Lula procurou saber:

— Mas com qual delas foi que dançou?
— Catarina.
— Catarina?
— É.
— E como chamavam as outras?
— Carolina, Evelina, Clarissa, Felipa e Febrônia.
— Pois tivestes sorte.
— Sorte, nada, ele ficou aluado por muitos dias — interrompeu José Leite.

Porém, o cego Lula falou grosso:

— Teve sorte, sim. Se fosse Febrônia, teria perdido o juízo de vez.
— Mas Catarina era mais bonita. Todas eram bonitas. Mas Catarina era mais.
— Mas se tu tivesses ido aos finalmentes com Febrônia, estarias perdido. Febrônia tem a cona comedeira.

Os rapazes e o menino se voltaram inteiramente para o cego Lula, a ponto de quase baterem a cabeça uns nos outros, tudo por gula de ouvir o que ele dizia em tom de confidência.

— E que diabo é isso? — perguntou José Leite.

— É um tipo de boceta que vai chupando a natureza do homem, vai mamando, de modo que o homem nem precisa fazer muito esforço. Dizem que é tão bom que enlouquece. Dizem, dizem que Febrônia e as Carnolinos, talvez não todas — mas Febrônia, com certeza —, são capazes dessa maravilha, entonces o homem logo se vicia e morre, e fica como o bagaço que a porca chupou. Imagine que antes de casar, o noivo era uma espiga robusta, meses depois é um sabugo, não inteira um ano e morre. É como se a mulher sugasse a força do homem, me entenderam?

O menino fez que não com a cabeça. Os rapazes ficaram calados, mas Antônio Leite duvidou que existisse tal prodígio, e José Leite teve medo das Carnolinos.

Pouco depois, quase deu um pinote do tamborete, e acabou perguntando:

— Mas como se sabe que uma mulher tem uma dessas?

— Não se sabe. Ou se sabe quando os maridos morrem mofinos.

Todos ficaram em silêncio e Antônio Leite lembrou-se de perguntar o que não perguntara ao velho Carolino.

— Cego Lula, por que os Carnolinos brigaram...?

— Por causa de mulher. Parece que os Carolinos, que é como se diz, e os Abreus eram gente amiga. Lutaram no mesmo lado na Guerra dos Padres, mas depois uma Carolino, que fora prometida a um Abreu, não quis casar com ele e o pai lhe fez a vontade. Foi a porta por onde a desgraça entrou pelo mundo. Os Abreus se sentiram ofendidos e acabaram matando um irmão da moça, que era metido a cavalo do cão. O pai do morto, por sua vez, se viu na obrigação de vingar o filho e daí por diante o preto do luto e o encarnado do sangue foram as cores das duas famílias.

Porém, parece que Deus... Deus, Nosso Senhor não gostou muito da briga, pois do lado dos Carolino desde então quase que só nasce mulher e mulher bonita, enquanto que do lado dos Abreus quase que não nasce mais ninguém e quando nasce, os homens, que quando vingam mais parecem uns touros, têm tudo a gala rala e as mulheres não seguram o bucho.

E, dizendo isso, o velho levantou para ir embora.

O menino parecia alheio ao que fora dito e já tinha sono. José Leite tinha a boca aberta e Antônio Leite, os olhos brilhando.

Quando voltou a si, Antônio Leite pensou em pedir ao cego Lula que desse notícia de Rio Preto, mas imaginou a resposta do velho:

— Deixe de agonia, que quando for a hora eu lhe digo.

E calou-se, mas o acompanhou até o pouso dos vaqueiros.

[XLVI]

No pouso onde os tropeiros se preparavam para dormir, a chegada do cego Lula e dos meninos levou a que um ou outro pedisse para que ele cantasse, mas ele se recusava a fazê-lo, a exercer seu ofício, e respondia aos pedidos com cada vez maior irritação, o que foi apoquentando também os vaqueiros, crentes que aquilo tudo não passava de pantinho, que o negro queria era vender-se mais caro, até que o mais atrevido deles perguntou se o cego Lula já tinha vencido alguém em cantoria e aí o homem mordeu a isca e cresceu três palmos, inflou o peito e disse:

— Venci Bem-Te-Vi, venci Azulão, venci Riachão, Pedra Azul, Marcolino da Quixabeira! É pouco?

— Eu falo de cantador de verdade. Venceu Romano do Teixeira?

— Não venci.
— Venceu Ugolino?
— Também não.
— Venceu Manuel Cabeceira?
— Venci não.
— Venceu Inácio?
— Vim aqui pra vencê-lo, porque da última vez que cantemos junto foi por pouco que não venci e esses meninos Leite tão aqui de prova, foi na fazenda...

Mas as palavras do cego foram encobertas pela risadagem, que se alastrou como chuva quando ele desafiou Inácio, sem que Inácio estivesse presente, e o vaqueiro atrevido, agora ainda mais petulante, prosseguiu:

— Não venceu nenhum dos grandes... então, não é grande.

Liberalino interviu:

— Mas esses são como os quatro evangelistas, ninguém vence. Só Nicandro que é São João Batista.

— Pois eu venço, sim, quase venci qualquer um deles. Perdi, é verdade, mas por uma peinha de nada. Nunca apanhei. E venci Rio Preto.

— Venceu, mas dizem que se cagou todo.

— Quem disse isso? É obra de meus inimigos. Venci e venço de novo. E vim preparado pra vencer Inácio, aqui mesmo na Catingueira.

— Não faça graça, não. Venceu Rio Preto, mas qual foi mesmo o verso que ele fez quando a catinga de bosta subiu?

Liberalino achou que o negócio já estava indo longe demais e fez um gesto de impaciência para o vaqueiro, que se deu conta de que não mais contava com a simpatia unânime da assistência e começou a contar as histórias e as adivinhas de Futrica, que ele assegurava ser melhor que muito cantador.

Mas aí foi o cego Lula quem se animou e logo pediu ao menino o instrumento, entretanto o menino demorou a en-

tregar-lhe, pois o cego era cantador de rabeca, pandeiro e viola, razão pela qual o negro disse avexado:
— Me passe a Febrônia.
E depois, já experimentando a viola, foi dizendo:
— Pois espere eu afinar essa bichinha que eu vou cantar um "mistério" pra quem tá aqui e quero que me digam se eu sou ou não sou cantador dos grandes.
E depois de um tempo muito comprido, quando alguns já não aguentavam mais esperar e os dichotes recomeçavam, o cego Lula falou:
— Adivinhem que bicho é esse?
E começou o rojão:

Existe em uma "forquia"
um bicho feio e papudo.
Meu amigo, eu só cuido
que o bicho tem magia!
É feio com simetria:
tem a boca vertical,
no meio tem um sinal.
É um pouco saliente;
tem catinga permanente
e o tamanho é natural.
Um tatu eu sei que não é,
que o bicho é cabeludo;
se come com pelo e tudo
raspando, a gente dá fé;
pode se comer de pé.
Quem quiser pode chupar;
tem gosto de água do mar,
é salgado pela natura
se conserva numa altura,
de qualquer um alcançar.

É como lesma, é visguento:
tem cheiro de bacalhau,
se alimenta de mingau.
Engorda e fica sebento
na brigada do relento.
Vive sempre resfriado.
Ele, sendo bem lavado,
fede menos, mas não cheira;
se faz a barba tem coceira
e dá preguiça a barbado.
Hospeda e não dá dormida.
Comeu, vá se retirando.
Entra duro e sai pingando.
Quem nele encontra guarida,
não quer conversa comprida;
casal, não quer hospedar,
o da frente pode entrar,
quem vim atrás que se amole.
Comida dura ele engole
e mole não quer aceitar.

Enquanto o cego cantava, os homens riam e só um espírito de porco gritou:
— É balaio.
Mas os outros não lhe deram ouvido.
No final, o cego Lula enjeitou o dinheiro — o menino não — e foi dormir justiçado; mesmo assim a opinião geral da assistência, que dali por diante tornou-se correntia, é que, embora bom, o cego Lula não está nos evangelhos, pois os evangelistas só são quatro: Romano, Ugolino, Manuel e Inácio.
O cego Lula nunca guardou boas lembranças de Catingueira, pois até quando ganhou, perdeu.

[XLVII]

Na manhã seguinte, ao quebrar a barra, o cego Lula chamou os meninos e disse:

— Escutem, eu não fico mais um minuto aqui. Nem volto mais, nem mesmo para o enterro de Inácio, se eu chegar a ver. Fez uma pausa. Olhou para os lados e continuou.

— Preste atenção: Rio Preto, depois da malvadeza que fez em um lugarejo perto do Pinica-Pau, foi se esconder. Vai ficar muito tempo escondido, coisa de meses, assim não se afobem pra não dar na vista, que ninguém come logo depois que cozinha. Tenho quase certeza, porque desta vez roubou demasiado e a velha Josefa contratou uns jagunços do Pajeú para pegá-lo a unha, foi se esconder na casa de uma amásia de nome Joaninha, que é uma menina ainda nova. Ela mora no sítio...

— Mas como a gente chega lá? — perguntou José Leite.

— Não me interrompa. Seu irmão vai saber chegar. É assim, vão como se fossem voltar a Pombal, até aquele sítio de pretos, Cajazeiras do Melado. Sabem onde é?

— Sei.

— De lá vão até a feira de Várzea Redonda e perguntem por Ponciano Antero, que é um homem que faz tudo e tudo muito bem feito: gibão e faca, santo e correame. Ponciano é muito procurado, mas é muito turbulento e bate em quem não gosta, por isso quando perguntarem por ele vão ensinar tudo bem direitinho. O caminho que vão ensinar, porque só tem um mesmo, vai se dividir em dois quando chegar a um mulunguzeiro enorme, que de longe já se avista. Se forem pela direita do mulunguzeiro, vão chegar na terrinha de Ponciano, se forem pela esquerda, coisa de uma légua, vão chegar no sítio Emas, onde mora a amásia de Rio Preto e pra onde vão os do bando dele quando se lascam. Lá deve tá o bando inteiro, mais um velho, a rapariga mãe dela e um menino de recado.

— E como o senhor sabe de tudo isso? — interviu outra vez José Leite.
— Não é da tua conta e eu não tenho que te dar satisfações de minha vida.
Antônio Leite, que não gastava latim à toa, perguntou:
— Rio Preto não teria nenhum olheiro em Várzea Redonda?
— Tem, deve ter, mas aquilo é um negro muito confiado, só avisariam se chegasse mata-cachorro ou gente de Dona Josefa... Mas só deem as caras em um dia de feira e podem ir sossegados.
— Obrigado.
— Muito obrigado.
— Só quero encontrar com os dois de novo quando tiverem matado aquele negro, porque eu sou negro mas não é de todo negro que eu gosto, não.
Antônio Leite sorriu de corpo inteiro e garantiu ao homem à sua frente:
— Pode deixar, cego Lula, desta vez ele morre.
O cego arrepiou-se — pois o rapazote falara como quem é dono do mundo —, sorriu, deu um puxavante na orelha do seu guia ainda sonolento e foi-se embora de Catingueira para nunca mais voltar.

[XLVIII]

— Entonces, vamos partir hoje mesmo?
— Não.
— Por que não?
— Não ouviste o cego Lula? Não se come nada logo depois de cozinhar.
— Vamos fazer o quê, então?
— Ver se Liberalino enche os nossos bornais.
E saíram para procurar o tio. Quando o encontraram, ele

disse que partiria dali a dois dias e não se negou a providenciar água e matalotagem. Os meninos ficaram com o tio e ouviram muitas histórias a respeito do cego Lula. Uma delas explicava muita coisa e explicava tão bem que Antônio Leite teve medo de tanta coerência.

Um dos vaqueiros da tropa de Liberalino disse que o cego Lula era tão confiado, mas tão confiado que quis se amigar com uma mulher branca e donzela e pra isso sustentou uma rapariga perto de Várzea Redonda, que tinha uma filhinha ainda sem peito. A mulher negociou a filha, mas quando o cego já se preparava para estrompar a menina que comprara a prestação, a donzela foi procurar negro de maior valentia e se ofereceu a Rio Preto, de graça, motivo mais que suficiente para que, mesmo depois de vencer o rival no já famoso desafio, o cego Lula tivesse ódio mortal do famanaz e, como não era homem para matá-lo, ajudava qualquer um que quisesse fazê-lo, fosse Dona Josefa ou os mata-cachorros.

Ou os irmãos Leite, pensou Antônio. E continuou fora do mundo.

De modo que a pergunta de um dos vaqueiros da roda o pegou desatento.

— Mas, Rio Preto, os dois já viram?

— Já, uma vez quase o matamos em uma tocaia, mas o pau negou fogo — respondeu fora de tempo.

— E é mesmo feio como o cão? Porque o que dizem é que é a figura do próprio Satanás. Com os braços maior que as pernas, o beiço caído, a cara de doido, a testa de macaco, os olhos de demente?

Porém, antes que Antônio dissesse alguma coisa, José Leite respondeu:

— Não é assim não, o cão não é tão feio quanto pintam. É negro, alto, forte e sadio como um cavalo e não tem cara de doido, não. Eu o vi mais que o Tom porque era eu que tava alapardado pra tocaia. Mas vai morrer, vai morrer logo. Não perde por esperar. Né mesmo, Tom?

O vaqueiro olhou com pena. Os meninos conheciam aquele olhar.

Liberalino mudou de assunto.

[XLIX]

Durante a última noite que passaram em Catingueira, os vaqueiros contavam histórias de pega onça, de pega boi, de morte, de loucura e de malassombro, e como Liberalino pediu para que os sobrinhos contassem algum causo, eles contaram depois de alguma hesitação:

— Eu não sei contar, não, mas o Tom sabe. Conta aquele dos Carnolino.

Ao ouvirem o nome da família sobre a qual corria toda sorte de histórias, os vaqueiros fecharam a roda e prestaram atenção. Antônio Leite repetiu "o mistério" que o velho Carolino contou certa vez depois da ceia.

Contou o velho que tinha um vaqueiro que conseguia capturar qualquer boi, que aboiava tão bonito que todo boi vinha até ele como um cachorro ensinado. O velho dissera que o mandara pegar bois que vaqueiro nenhum conseguia pear, e ele trazia qualquer barbatão como se o bicho fosse um cordeirinho manso.

E, dito isso, Antônio procurou tomar os modos e o jeito de falar do velho:

"Esse vaqueiro, de nome Ludgero, tinha um filho de que gostava muito, Antoninho, que aos sete anos já aboiava. Pai e filho às vezes se falavam aboiando. Antoninho era o xodó de Ludgero, mas um dia o menino foi banhar-se no açude e não voltou.

"Esperamos que o corpo dele boiasse, mas o corpo não

boiou. O pai, os irmãos mais velhos, até eu, que tinha casado havia pouco e ainda era rapaz novo, procurei.

"Mas ninguém encontrou o menino. Ou a terra, ou a água ou uma onça o tinha engolido.

"Mas o pai não desistia e passava horas e mais horas andando pelas minhas terras pra mode achar o bruguelo. Se só andasse não seria tão mau, o mal era que aboiava e o aboio a cada dia era mais triste, tão triste que os outros meninos choravam; as mães dos meninos também e até os bichos pegaram a ficar modorrentos e o desmantelo tomou conta do mundo.

"O homem enlouqueceu e, à medida que a loucura avançava, o aboiar ficava ainda mais bonito e mais triste, até que — nessa época, a briga com os Abreus estava quente, eu abrigava os Florêncios, que vieram fugidos do Pajeú e me serviam de capangas — um peito-largo veio falar comigo e me perguntou o que eu faria se Ludgero sumisse, do mesmo jeito que o filho.

"Eu disse que mandaria rezar uma capela de missa pra ele e outra pro filho.

"No dia seguinte, Ludgero desapareceu e ninguém quis saber do paradeiro dele.

"Mas, vez em quando, eu mesmo e as meninas, que não chegaram a conhecer Ludgero, escutamos um aboio tão triste que arrupeia, que comove, que dá vontade de chorar..."

Depois que Antônio Leite contou a história os vaqueiros continuaram algum tempo em silêncio, até que o mais espirituoso gracejou qualquer toleima e todos foram dormir. Antônio Leite envaidecido por ter cativado a atenção da assistência, e José Leite quase chorando, porque José Leite não gostava de ouvir histórias de morte e alma penada.

José Leite, todos que o conheciam não duvidavam, era meio doido ou meio abestalhado, ou as duas coisas juntas.

Mas tinha bom coração.

[L]

    Liberalino cumpriu a promessa, portanto, no dia seguinte à noite dos causos, os irmãos seguiam para o termo de Pombal.
    Antônio Leite estava sóbrio como quem perdeu o pai, mas José Leite falava como uma fateira:
    — Tom, dessa vez vamos matar aquele negro... Tom, como vai ser? Eu tive pensando, em vez de matar, a gente aleija e depois arrasta pra Pombal, pra mode ele ficar na cadeia nova. Aí depois nós pedimos pra ver quando colocarem ele na coivara. A gente pede pra ver ele ser queimado vivo... Tom, o que tu achas?
    — Eu já te disse mil vezes.
    — O que disseste?
    — Disse que nós vamos atirar e fugir. Se uma bala pegar, ele morre. Pode até demorar, mas morre. O chumbo que nós usamos é do melhor.
    — E por que a gente não leva ele pra Pombal?
    — Por que ele não deve tá sozinho e eu quero matar, não quero morrer. Queres morrer?
    — Não, quero, não.
    — Eu também não, quero casar com a filha de Raimundo de Ciço, de Rosa.
    — E se ela não quiser casar contigo?
    — E por que não ia querer?... Se não quiser, eu escolho outra.
    — Pensei... E a Carnolino...?... Tom, a gente podia trazer ele pra Pombal, peado, peadinho mesmo, se ele não tiver em má companhia.
    — Tu sabes quanto ele deve pesar?
    — Umas cinco arrobas.
    — Tu o carregas?
    — Tom, a gente mata e vai embora... Só?

— É.
— Mas não é muito sem graça?
— Sem graça?
— Eu queria judiar dele como ele fez com mãe.
— Carece não, no inferno o diabo se encarrega disso.
— É mesmo, Tom, o que é que o diabo faz?
— Dá a ele um irmão abestalhado.
— Tom, eu só não te dou uma surra aqui mesmo porque a gente tem que matar aquele negro ... Tom, tu tens muita sorte ... Tom, repara naquele pé de oiticica ... Tom...

[LI]

Os rapazes caminhavam em silêncio, até que viram três homens tentando desentocar um bicho de uma loca, fazendo fumaça. Um deles olhou para os meninos e fez sinal para que se aproximassem.

O homem era Brabuleta e o bicho era um peba gordo, que tentou escapar e acabou morto.

Brabuleta perguntou aos companheiros se podia levar os rapazes para se abrigarem no engenho por aquela noite, sem que tivesse consultado os meninos.

Os homens consentiram e Brabuleta os pajeava e repetia sempre que não ia ficar pra comer o peba, mas que partiria com os rapazes, seus conhecidos, pela manhã, só pedia um pouco de rapadura.

Naquelas circunstâncias, os irmãos perceberam que era melhor calar e falaram o menos possível até ficarem sozinhos com Brabuleta, na tapera que o dono do engenho, Antão das Neves, cedeu para que passassem a noite, já de tripa forra e com os alforjes cheios de rapadura.

Mas foi Brabuleta quem falou primeiro:

— Não reclamem, os Antões são gente de conversa pouca

e muito recato. Não gostam de muita proximidade, mas não negam comida a ninguém.

— Esse é o maior engenho que eu já vi, Brabuleta.

— Engenho? Isso lá é engenho? É engenho só pra quem não saiu dessa ribeira. É uma engenhoca. Eu, que já vi os engenhos da várzea, os engenhos de Pilar, Mamanguape, da Paraíba, Goiana, Olinda e até das Alagoas, não me impressiono, mas é bem cuidado.

— A rapadura também é boa.

— E a cachaça que eles produzem é famosa. Pena que essa fartura vai acabar.

— Por quê?

— Porque esse ano é o último que teve bom inverno. O resto do ano não chove. E no próximo não vai chover, a natureza tá dizendo. Vai ser tempo de vacas magras.

— Tomara que não.

— Eu nunca falho nas minhas previsões.

Os meninos se calaram e Brabuleta continuou:

— Souberam de Liberato?

— Que ele matou o Guabiraba?

— Não, isso é notícia velha.

— Entonces não sabemos.

— Matou o tenente José Dantas, que o caçava com mais de cem mata-cachorros, e não foi pego, mas, quando o pegarem, matam.

— Mais de cem?

— Mais de cem. Talvez não tenham sido cem, mas dizer mais de cem é mais bonito, e corajoso o homem é.

Brabuleta então levantou o sobrolho e perguntou:

— E de Rio Preto? Souberam o que ele fez em um povoado perto do Pinica-Pau?

— Isso é notícia velha. Soubemos dele pelo cego Lula — respondeu José Leite, e Antônio Leite completou:

— O cego disse que ele vai ficar acoitado na Várzea Redonda. Tamo indo pra lá.

— É bem possível mesmo, dizem que ele tem uma amásia lá, uma mocinha filha de uma rapariga, que faz melhor o que a mãe fazia quando ela foi concebida.

Os meninos não entenderam direito e ele riu sozinho pra depois perguntar:

— O cego Lula! Como vai aquela desgraça?

— Do mesmo jeito. Diz que nunca mais põe os pés em Catingueira.

— Por quê? Inácio o venceu de novo?

Os meninos contaram ao doido os sucessos ocorridos no arruado e ele comentou:

— Justiça seja feita, o cego Lula é bom cantador; é verdade que perdeu dos grandes, mas quase ganha, quase. Eu ouvi ele cantar com Manuel Cabeceira.

— E com Inácio, viu?

— Com Inácio, não, mas vi a primeira cantoria pra valer de Inácio. Inácio é cativo, todo mundo sabe, e o senhor dele, Manoel Luiz de Abreu, via que ele tinha jeito e, quando foi passar as festas em Pombal, mandou ele pelejar com o cantador que tava animando a noite de ano, que chamava Peba. Pena que eu não vou ficar pra comer o peba.

— E ele ganhou?

— Ganhou, não, ele se atrapalhou, perdeu logo. Não foi essa que eu vi. Essa não foi pra valer. Aí ele voltou pra Catingueira e foi treinando o ano inteiro. Manoel Luiz disse que pras festas ia de novo a Pombal, pra casa do sogro, Zé Arroxela. Disse e cumpriu a promessa. E lá quem tava na festa de ano?

— Peba.

— Peba e eu.

— E aí se deu a peleja. Inácio ainda era rapazote e nessa

idade um ano vale por dez, e quando Peba pensou que ia pegar o mesmo besta, lascou-se.

Brabuleta riu e os meninos também.

— Quando deu fé na esparrela em que tava, começou a cantar sério, mas não teve mais jeito, apanhou feio. Apanhou de ficar mudo e emborcar a viola. Mas depois de passar uns minutos sem dizer palavra, sorriu e ele mesmo louvou Inácio, disse que perdera para um gigante, pra um que seria um gigante. Inácio ficou todo ancho e Manoel Luiz também. E depois, aí quando já era famoso e Peba já tinha deixado de cantar, Inácio dizia que a primeira comida que provou foi Peba, mas Peba nunca soube do dichote ou nunca se importou. Peba é gente de quem se gosta de graça, mas vamos parar de falar nisso que, por causa dos dois, eu não vou comer peba amanhã.

[LII]

No dia seguinte, quando já caminhavam, acompanhados por um cachorro velho que insistia em seguir o doido, José Leite perguntou:

— Brabuleta, por que tu não ficaste pra comer o peba?

— Porque se eu dissesse que ia ficar e pedisse pra levar os dois pra mode comer o tatu, eles não iam deixar, porque ainda era cedo. Diriam que dali era perto das Carnaúbas. Eu disse que os Antões não gostam de visita e gostam muito de peba. Gostam de dividir o pão, mas o peba...

Riu, mas murchou a cara quando viu um umarizeiro e disse:

— Tá vendo? Não vai ter inverno.

— Por quê? Tá tão verdinho.

— Porque já devia de tá porejando água pelos brotos.

— É mesmo.

— É melhor matar Rio Preto esse ano, que quando chegar

a seca, a única coisa que se gradua é bandido. É a seca chegar e o bando dele crescer.

— Dessa vez ele não escapa, Brabuleta. Vamos fazer as coisas direito.

E como o cachorro estava incomodando, José Leite ameaçou afastá-lo com um pontapé, mas Brabuleta advertiu:

— Não maltrate o bichinho, não, que é criatura de Deus, daqui a pouco ele volta pro engenho; depois São Lázaro briga.

— Por quê?

— E eu tenho que ensinar tudo, é? Os dois não sabem que, quando a gente morre, tem que andar até a casa de São Miguel, que é quem pode brigar com o fute pela nossa alma, e o caminho é longo e no caminho não tem baiuca, só a tapera de São Lázaro, que oferece água friinha a todo pecador, menos se ele tiver maltratado os bichos? Se tiver, tem que se arranjar com cuspe pra descobrir a casa de São Miguel, que, pra piorar, fica em riba de uma serra. E se o penitente não chegar logo até a beirinha da casa do arcanjo, em razão da goela seca, o diabo, que sempre tá de tocaia, oferece de beber e como não há homem que seja macho pra Dona Sede, acaba aceitando e o diabo arrasta a alma do sedento pro inferno.

José Leite ouviu aquilo e alisou o pelo, o resto de pelo do cachorro desmazelado, como se estivesse pedindo desculpas.

Desacostumado com carinho e acostumado com pancada, o cachorro voltou para o engenho e Brabuleta sorriu.

Mas Antônio Leite perguntou:

— E peba não é bicho, Brabuleta?

— Peba é bicho de caça e eu não disse que não podia matar, o que não pode é judiar, judiar é que São Lázaro não consente.

[LIII]

Brabuleta ficou em Carnaúba, pra falar com um tal de Raimundo Feitosa. Os meninos seguiram adiante para Cajazeiras do Melado, e quando estavam sozinhos foi a vez de Antônio Leite começar a conversa:
— José, repara?
— Repara no quê?
— No beija-flor brigando com o gavião.
— E o que é que tem, beija-flor é bicho brabo mesmo. Não abre pra ninguém.
— Isso é um sinal, José. Desta vez vai acontecer alguma coisa. Nós vamos matar Rio Preto. Agora nossa vida se decide, ou a gente mata ou a gente morre.
— O gavião fugiu.
— Mas Rio Preto não vai fugir.
— Mas o que é que isso tem a ver com nós dois?
— Nos somos o beija-flor e Rio Preto é o gavião.
— Então nós tamos lascados. Onde já se viu beija-flor vencer gavião? O gavião vai embora por causa do aperreio de ser bicado e não conseguir bicar um bicho tão pequeno.
— Entonces quem vence é o beija-flor.
— Vence, mas não mata.
— Mas nós vamos matar.
— E por quê?
— Porque se o beija-flor tivesse um clavinote quem se lascava era o gavião.
— Sei não.
— Tô lhe dizendo, é um sinal. Ou a gente mata ou morre.
José Leite começou a chorar. Antônio Leite franziu a testa, já irritado, e o irmão explicou-se:
— Tom.
— O que foi?

— Eu, essa noite, sonhei com pai. Ele tava danado comigo e me bateu sem dó e só dizia que eu não prestava pra nada, que deveria ter matado aquele negro quando tive oportunidade... Que oportunidade como aquela só tem uma, que eu, como irmão mais velho, devia te proteger.

Antônio Leite ficou calado sem saber o que falar, mas ainda irritado.

— Tom, a gente vai morrer.

— Melhor morrer que viver desmoralizado. Se a gente não vingar pai e desafrontar mãe, vamos valer menos que uma rapariga de cego.

— Tom, a gente vai morrer.

— Engole o choro. Seja homem.

— Tom, eu sou homem, mas a gente vai morrer. Eu não quero morrer.

— Vai morrer não, a gente vai é meter bala naquele nego safado, imundo; naquele pacote de bosta. Vamos fazer como o cego Lula disse, sem alarde. É atirar e fugir.

— Tem certeza?

— Tenho, vamos matar. Quando a gente saiu de Pombal, a gente ainda era menino. Agora não. Agora somos dois tocaieiros e sabemos esses caminhos todos. E sabemos esconder os rastros e andamos mais depressa que frade em santas missões. Ele não perde por esperar.

José Leite parou de chorar e foi seguindo o irmão, ainda descrente, ainda desconfiado, mas com um bocadinho de esperança.

[LIV]

Como acontecia sempre, seguiram por solidões e solidões, até encontrarem meia dúzia de homens peados, sendo pastorados por outros três, enquanto mais alguns arrebanhavam cavalos e reses.

Ao se aproximarem, os irmãos Leite causaram suspeitas, mas depois que explicaram que estavam à caça de um negro fugido de suas terras, que o vinham caçando desde as proximidades da sede da vila de Pombal, os homens, pouco mais velhos que eles, se acalmaram e, entusiasmados, contaram como depois de mais de mês de buscas conseguiram capturar a matula de ladrões que estava atuando naquela ribeira e na do Seridó.

Os meninos sabiam o que aconteceria aos ladrões, por isso José Leite perguntou:

— Estão esperando o quê?

— Tamo esperando pai e tio Expedito.

Passada uma hora menos um quarto, gado recolhido, aproximaram-se dos dois rapazes e dos três rapagões que pastoravam os bandidos dois homens velhos, mas ainda vigorosos, dois escravos e um vaqueiro.

A primeira coisa que quiseram saber foi quem eram aqueles meninos. Porém, dirigiram a pergunta não a eles, mas aos rapagões, que chamavam Luís, Ponciano e Escarião.

Tudo explicado, o pai dos rapagões, de nome Aurélio, perguntou:

— Entonces são dos Leite?

— Somos.

— É família grande demais. Conheci um Leite... da Quixabeira.

— É nosso tio.

— Ainda vive?

— Vive, está velhinho, velhinho, mas ainda trabalha.

— É, eu soube que teve a infelicidade de ter os filhos recrutados para a guerra do López. Não merecia essa desgraça.

Olhou para os ladrões e disse:

— Podem ficar tranquilos, por aqui não tem mata-cachorro.

Olhou em seguida para o irmão e falou:

— Vamos acabar logo com isso.

Os homens peados pediram clemência, mas eles sacaram os punhais e foram sangrando um de cada vez.

Quando terminaram o serviço, Ponciano, que era o mais novo dos filhos de Aurélio, perguntou:

— Agora a gente faz o quê?

— Deixa aí pra os urubus comerem... E vamos restituir o que não é nosso.

Antes de partirem perguntaram se os meninos precisavam de comida ou se queriam acompanhá-los até o lugarejo de Lajes. Os meninos disseram que não, que iam para outro rumo, para Cajazeiras do Melado, o que levou Expedito a perguntar:

— Entonces não desconfiam dos negros de lá.

— Não, soubemos que é gente honesta. É que de lá vamos seguir para Rio do Peixe, que é onde deve estar o cativo que procuramos, conforme nos informou gente de confiança.

E sem mais nada a dizer, os meninos se separaram dos Fonseca, que era a família que dera caça aos ladrões de cavalo e de boi também.

Quando já iam longe, José Leite falou:

— Tom, aqueles homens não tiveram medo de morrer, quer dizer, tiveram, mas quando viram que não tinha mais jeito, morreram sem chorar.

— Morreram como homens.

— Eu tenho medo de chorar antes de morrer.

— Pois não tenha. Não se preocupe, não se aperreie. Só se preocupe em atirar e correr.

E depois de dizer isso, Antônio Leite andou mais rápido que o irmão e bufou de raiva.

[LV]

— Tom, o que será que tem naquela tapera?
— E eu lá sei?
— Vamo até lá.
— Não.
— Por quê?
— Porque... Vamo que eu preciso me aliviar.
— Na tapera?
— Não, naquelas moitas, ali por trás.

Os dois seguiram para a tapera. A porta estava escangalhada. Entraram, estava mais limpa do que supuseram, mas não encontraram ninguém. Saíram pela porta de trás e, enquanto Antônio Leite seguiu para as moitas, apressado, José Leite deu a volta na casa, sem pressa, para esperá-lo embaixo da copa de um pé de jatobá que ficava diante da tapera, porém foi encontrar-se na frente do casebre para dar de cara com um velho carrancudo, de olhar desvairado, que foi logo dizendo:

— Que atrevimento é este?

José Leite se certificou de que o velho não estava acompanhado e repetiu surpreendido:

— Que atrevimento é este?
— Está debochando de mim, seu cabra safado?
— O que é isto?
— O que é isto digo eu, vou tirar seu couro por andar de espora no meu terreiro.
— Que espora? Eu tô de alpercata.
— Não importa. Falta de respeito, vou matá-lo.
— Mas como é que eu podia saber que essa tapera é sua casa? Pensei que estivesse abandonada.
— O quê? Está dizendo que a casa forte dos Pereiros é uma tapera? Escute aqui, seu atrevido.

E ergueu a arma, mas depois desistiu e disse:

— Eu vou entrar, pegar o buzo e tocar. Não adianta fugir porque no espaço de tempo de uma Ave Maria meus moradores vão tirar seu couro.

José Leite arregalou os olhos e ouviu um pipoco. O velho correu e José Leite ia correr também, até que se lembrou do irmão. Olhou pra trás, o viu e disse:

— Tom, Tom, tu podias ter matado nós dois. Eu e o velho.

— Eu atirei primeiro, depois me mostrei. Atirei ali do lado, foi só pra assustar. O velho é doido.

— Então tu ouviste a conversa toda?

— Não, só uma parte, mas ele é doido.

Ao dizer isso, Antônio Leite foi atrás da arma do velho, que havia caído quando ele abriu na carreira.

— Olha só, José... Essa lazarina velha não serve nem pra matar passarinho. Vamo deixar aqui mesmo.

— Ainda tô com medo.

— Do velho.

— Não, do tiro, quase corro também, só depois que me lembrei de ti.

— Pelo menos não estás mijado.

— Troce, vá troçando, seu irmão quase morre nas mãos de um velho demente e tu descomendo naquelas moitas. Ia ser uma história bonita pra contar à mãe.

Antônio Leite sorriu.

[LVI]

José Leite permaneceu acordado depois que comeu, mas Antônio Leite, porque comeu muito, acabou cochilando, dormindo mesmo, encostado ao pé de angico, à sombra do qual os dois tinham jantado.

O sol ia alto e fazia calor, mas o mundo estava cor de

chumbo e quando José Leite deu fé, viu o redemunho vindo e tentou acordar o irmão, que dormia e babava. Porém, como Antônio Leite não acordou, aproximou-se ainda mais do dorminhoco e abriu o olho esquerdo do coitado com tanta brutalidade que foi como quem estoura uma pitomba.

Antônio Leite acordou assustado e furioso e sacou logo o clavinote, mas José Leite o acalmou:

— Tom, sossega, não é Rio Preto não.
— Acho que caiu alguma coisa no meu olho... ... ...E o que é então?
— O redemunho.
— Um redemunho?
— É, repara.
— Mas não tá vindo pra cá, não. Acho que vai pro outro lado.
— Eu sei, é que eu tive medo.
— Medo de quê?
— Ora, se a gente levantar e olhar por entre as pernas, vê o diabo.
— E tu queres ver o diabo?
— Quero não, mas se eu tiver que ver, não quero ver sozinho ... Tom?
— O que é?
— Pode ser um sinal. Tu achas que é um sinal?
— É.
— Que a gente vai morrer?
— Não, que tu és abestalhado. E aposto que foste tu que mexeste no meu olho.
— É que tu não acordavas.
— E onde já se viu esgravatar o olho dos outros dessa maneira? Tu és mesmo muito sem jeito.

Enquanto dizia isso, Antônio Leite fechara o olho magoado para forrá-lo com o capulho da pálpebra, e o alisava com dois dedos.

— Mas não machucou, machucou?
— Machucar mesmo não machucou, mas eu não consigo ver direito, tá minando água.
— Deixa de pantim.
— José, José, eu só não te parto os beiços de novo porque não tô vendo direito.

[LVII]

Na marcha de sempre chegaram ao sítio Cajazeiras do Melado e foram surpreendidos, porque os negros de lá estavam em pé de guerra, e logo quiseram saber o motivo de estarem os dois por ali, armados daquele jeito.

Antônio Leite falou grosso, disse que tava no seu direito, que era do estatuto da ribeira, que não precisava de carta de guia, só pra depois admitir, sem levantar suspeita em contrário, que estavam ele e o irmão à procura de um escravo fugido, de nome Luís.

Quando disseram que eram da família Leite, Antônio percebeu que o interlocutor, Sabino, ouvira a história dos irmãos que caçavam Rio Preto, mas não perguntou. Talvez porque havia muitas versões dela, a que dizia que os irmãos eram duas crianças, as que diziam que eram dois vadios que quando ouviam dizer que Rio Preto fora para o norte, rumavam para o sul e muitas outras, mas o importante foi que os negros acreditaram na história ou fingiram acreditar e antes de oferecerem a hospitalidade que os meninos não aceitaram porque tinham que seguir adiante e de nada careciam, disseram que estavam preocupados porque Rio Preto passara por ali deixando todos e mais os vizinhos em um desassossego medonho.

Não fizera grande estrago, é verdade, além de estourar boiadas e assustar um aleijado, mas como Seguro morreu de velho, Prevenido manga do tempo e Desconfiado vive até hoje, os negros das Cajazeiras resolveram não facilitar, de modo a estarem preparados em caso de ataque do bandido, porém, segundo eles mesmos, as últimas notícias, ouvidas da boca de tangerinos e almocreves, davam conta de que Rio Preto fugira para o Ceará, para Barro, Barbalha ou Missão Velha.

Sabino talvez tenha percebido a satisfação no rosto de José Leite quando completou:

— Mas pra mim ele tá é na casa que ele mantém pra uma rapariga, pra lá de Várzea Redonda e, portanto, perto. É bom não facilitar.

Os meninos prometeram que não facilitariam e seguiram adiante.

[LVIII]

— Tom, eu tive pensando. Será que pai gostava de mim?
— Gostava, sim, todo pai gosta do filho.
— Mas não tem um mandamento: honrar filho e filha. Ou tem?
— Não. Não tem porque não precisa.
— Pai não gostava de mim, Tom. Gostava de ti.
— Ele gostava de nós dois, é que tu és o mais velho, eu era o caçula, por isso ele não me batia tanto.
— Contigo ele até brincou uma vez, de corrupio, lembra?
— Lembro.
— Mas quando eu pedi pra ele me rodar também, ele disse que eu já era muito grande.
— Tá vendo?
— Mas eu não era muito grande, não. Eu tinha, quando muito, uns sete anos.
— Ele gostava de ti. Quando tu adoecias ele ficava num pé e noutro. Entrando no quarto, aperreado pra saber se tu

tinhas melhorado um bocadinho que fosse.

— Isso era mesmo. Mas eu adoeci pouco, Tom.

— E quando ele tava feliz? Quando ele trazia um agrado?

— Quando ele tava feliz ele pelo menos sorria, me chamava, me entregava o agrado, me dava um cascudo e depois dizia: "Não vá se acostumando, não, seu corninho".

— É, pai não era muito de brincadeira. Mas quando Seu Luís destratou a gente, ele foi até lá e bateu em Seu Luís, no filho de Seu Luís, no genro de Seu Luís, na família quase toda.

— É, isso foi mesmo. Quase vira uma guerra.

— Não virou porque Dona Ricardina sabia que o filho era um traste mesmo e não deixou.

— Dona Ricardina era uma mulher direita.

— Dizem que ela, mesmo já velhinha, batia com a bengala nos filhos, nos netos, fosse em quem fosse. Era cada surra; mas só se tivesse motivo.

— Será que ela é como essa Dona Josefa?

— Acho que não, essa Dona Josefa, dizem que é uma velha ruim e Dona Ricardina era justa.

— Justa até pode ser, mas tinha cara de gente ruim também. Tom, será que a gente, depois de penar tanto por esses caminhos, ficou com cara de gente ruim?

— Não, mas quando a gente começou riam mais da gente. Agora não, vai ver a gente ganhou corpo e não notou porque ninguém põe reparo no que vê todo dia. Nós tamos mais crescido, impomos algum respeito. Sabemos falar.

— Nós vamos dar muito o que falar, Tom. Os filhos de Francisco Leite.

— Os matadores de Rio Preto.

— Pois é, os matadores.

[LIX]

— Tom, repara.
— Repara o quê?
— Tem um urubu peneirando lá longe. Deve ser carniça. Será um defunto, como a mocinha do Pinica-Pau?
— A moça não era do Pinica-Pau e não é um urubu, é um gavião.
— Entonces tu estás variando, um gavião não voa desse jeito.
— Tá peneirando, esqueceste?
— Mas não é gavião, é urubu.
— Seja lá o que for que ele tá peneirando, tá quase no caminho, aposto que é gavião.
— Aposto que é urubu. Aposta o quê, Tom?
— Apostar, apostar não aposto nada, que, como diz Brabuleta, quem aposta come bosta, mas que é gavião, é gavião.
— Tu és muito leso Tom, muito sem graça, mas é urubu.

Os meninos, ao contrário do que pensavam, andaram bastante até encontrar o que estava atraindo a atenção da ave, mas antes de chegarem lá, Antônio Leite reconheceu:

— José, o mundo vai acabar.
— Não diga nem isso. Mas por quê, Tom? O mundo vai acabar?
— Porque tu estás certo, é urubu, mesmo.
— Eu não disse?
— Vamos ver o que é, não vamos?
— Vamos, mas deve ser carniça de algum bicho que morreu doente.

Quando se desviaram da estrada para ver o que o urubu fariscava, embora nesse momento já fossem dois urubus, Antônio Leite disse:

— Espero que não seja como na tapera.

E os dois buscaram ter mais cuidado, embora o cuidado fosse desnecessário, pois era mesmo carniça, porém carniça de gente, e como era de gente não se diz carniça pra não ofender o semelhante, se diz cadáver, como explicou o caçula, sutileza que dita naquelas circunstâncias impressionou José Leite e fez o irmão sentir-se muito astuto, até que ouviu a pergunta:

— Tom, o que será que aconteceu com ele?

Antônio Leite fitou o irmão como se o irmão fosse uma égua, de modo que José Leite justificou-se:

— Né isso, não, que ele morreu, eu sei. Eu queria saber de que ou por quê. Eu queria saber como foi.

— Não sei, mas deve ter sido obra de algum inimigo, porque desse jeito que enterraram tinham muita raiva dele, ou então era gente ruim que fez esse trabalho de português. Repara que colocaram tão pouca terra que algum bicho fossou e logo apareceu o corpo.

— A gente vai enterrar direito, não vai, Tom?

— Vai, mas com quê?

— Não sei, só não vamos deixar ele pra os urubus... Tom, a gente não pode deixar ele assim.

— Mas com que vamos enterrar?

— Tom, se a gente morrer, eu queria que alguém nos enterrasse, mesmo Rio Preto. Morrer já é triste, imagine ser comido pelos bichos?

E ao falar assim, José Leite começou a chorar.

Antônio Leite fez a cara de reprovação que sempre fazia, até que teve uma ideia e disse ao irmão:

— Engula o choro, vamos enterrar.

— Mas com quê, Tom?

— Com as pedras, pedras têm muitas, a gente faz um monte de pedras em cima do corpo e eu corto umas varas de marmeleiro pra fazer a cruz.

— Mas não é uma ofensa, amontoar pedras em cima do corpo do pobre?
— É melhor do que deixar os bichos comerem.
— Ah, isso é mesmo.
E sem mais falar, os irmãos foram roubar a comida dos urubus.

[LX]

Não foi uma nem duas vezes, foram setenta vezes sete, que foram dizer a Rio Preto que os filhos de Francisco Leite estavam fossando no rastro dele.
Mas Rio Preto sempre sorria e dizia:
— Estão no direito deles.
Uma ou duas vezes, os espias de Rio Preto ou os homens que o acompanhavam contaram ao bandido que os meninos estavam chegando perto em demasia, mas Rio Preto sorriu e respostou o de sempre, no entanto acrescentou que, se os encontrasse, se defenderia, porém não iria caçá-los.
E por fim houve quem se dispusesse a dar fim àquele incômodo, mas Rio Preto afirmou, sem dar margem a qualquer outra interpretação, que quem fizesse isso ele mesmo matava, afinal de contas, completou:
— Todo filho tem direito de vingar o próprio pai... E também de morrer tentando.
Rio Preto não conheceu o pai e não se preocupava com os meninos de Francisco Leite, mas se todos aqueles que ele desonrara fizessem o mesmo que os irmãos, ele, aí sim, teria motivos pra se preocupar, pois fizera mal a muita gente.
Mesmo assim não dormia sem rezar.
Não dormia sem rezar, mesmo que tivesse feito as maiores perversidades. Não que fosse de igreja, claro que não era. Jurara matar o padre que o criara, embora nunca tenha cum-

prido a promessa, mas não dormia sem rezar e não matava, nem fazia mal a ninguém na Semana Santa e até matara um dos seus cabras porque o infeliz comera um naco de charque na Sexta-Feira Santa.

Mas esperou para matá-lo na segunda, depois do Domingo de Páscoa.

Se o ano tivesse apenas a Semana Santa, a gente da ribeira do Piranhas dormiria sossegada, mas o ano tem cinquenta e duas semanas e Rio Preto gostava mesmo era de desonrar mulher branca, de matar gado por maldade, de destruir, de judiar com o mundo.

Gostava também de um desafio, mas cansava logo, gostava mesmo era de matar.

[LXI]

Antônio Leite dormia pouco, por isso acordou primeiro e viu o irmão sonhar com o que não devia; quis acordá-lo, mas desistiu.

Esperou.

Porém, era uma agonia ver o irmão sofrer, até que José Leite acordou e, quando deu fé dos olhos do caçula em cima dele, teve raiva, pois pressentiu que o irmão o vira por dentro, que sonhando ele havia se derramado como um ovo quebrado.

No entanto, não disse nada. Apenas sentou de cabeça baixa e depois abraçou os joelhos, mas como Antônio Leite também não falasse, ele começou a conversa:

— Tom, Deus existe?

— Existe, sim.

— Eu tive pensando, Tom, que Deus não gosta da gente. Faz tanto tempo que a gente não sabe o que é sossego, que a gente não vê mãe, não dorme em casa. Nem casa a gente tem.

— O Frei...

— Tom, eu às vezes fico muito desassossegado, mas Deus existe e ele é justo, mesmo se não gostar da gente, é por isso que a gente vai matar aquele negro. Indagorinha mesmo eu tive pensando no que ocorreu com Manuel Belarmino. Lembra a maldade que ele nos fez, Tom? A troco de nada.

— Lembro.

— Eu não te disse, mas jurei que depois de matar Rio Preto, ia matar ele.

— Sozinho?

— Sozinho. Eu não ia voltar pra casa. Mas Tom, será verdade o que Brabuleta falou?

— E Brabuleta mentiu alguma vez?

— Mentiu, não. Manuel Belarmino foi enganar o povo...

— O povo quer acreditar, José, mas milagre não é coisa que aconteça com qualquer um.

— Pois é.

— Entonces ele fazia mesmo aquilo? Vendia o mijo do touro dizendo que curava até moléstia interior, pra depois ficar mangando de quem vinha do fim do mundo mode comprar a triaga?

— ... E o povo comprava mijo, Tom, mijo!

— Ele dizia que era mijo do boi Espácio.

— Eu sei, o boi que nunca foi peado, que matou muito vaqueiro, mas que amansou depois de ver Nossa Senhora.

— ... E foi procurar abrigo nas terras dele.

— Tom, não se brinca com a mãe de ninguém.

— Pois é, e como ele não tinha mãe, a filha é que se entrevou.

— E o mijo do boi não serviu pra desentrevar ela.

— Nem a raspa de chifre ou de unha.

— E a menina morreu... Isso é que eu não entendo, Tom, a menina não tinha nada que ver com as perrarias do pai.

— Também não entendi, só sei que Deus é justo e não se

deve mexer com a mãe de ninguém.
— Mãe é sagrado.
— José, buliram com a nossa mãe, mataram nosso pai.
— Pois é.
— Por isso é que a vida da gente é esse desmantelo, mas tá chegando a hora, tu mesmo dizes que eu sou meio doido e doido sabe das coisas. Vamos matar ele, José, tá perto. A gente atira e foge, é fazer isso e nós vingamos pai e podemos dormir sossegados.
— E como tu sabes disso?
— Sei não, mas tu juras que vai fazer o que eu mandar quando a gente avistar o mulunguzeiro?
— Juro.
— Entonces Rio Preto já morreu e não sabe.
— Tom, tu és muito esquisito e muito absoluto também.
— Azar de Rio Preto.

[LXII]

— José, sabe o que eu vou fazer assim que chegar em casa?
— Passar pela soleira da porta.
— José, eu nunca compreendi como alguém pode ser tão leso como tu.
— Tom, Tom, não vamos brigar agora.
— Sabes o que eu vou fazer assim que chegar em casa?
— Dizer "ô de casa".
Antônio Leite olhou para o irmão como se fosse parti-lo em dois. José Leite assustou-se e disse:
— Tá bom, Tom, eu não sei o que farás. Não precisa me olhar desse jeito.
— Vou atrás de mel.
— Mel?
— Mel de abelha.

— Eu vou contigo. Foi vô quem te ensinou a procurar mel. Eu nunca tive paciência.
— É preciso ter muita paciência, mesmo.
— Aquela imburana que tem lá perto da pedra grande é danada pra ter abelha, né, Tom?
— É, e mais abelha-limão, que faz o mel que eu mais gosto.
— Zé de Antônio Laurentino também é doido por mel de abelha-limão, um dia saiu berrando que nem bode porque dizem que aquele mel endoidece. Será que ele casou?
— Deve ter casado.
— Entonces é nosso parente.

E como abelha não é assunto que renda muita conversa, Antônio Leite, pra treinar a memória, começou a dizer o famoso improviso do cego Lula:

Quando chove as abelhas
Começam a trabalhar:
Moça-branca e a pimenta,
Mandaçaia e mangangá;
Canudo, mané-de-abreu,
Tubiba e arapuá.

Tinha uma parte de que não lembrava, portanto se calou e depois repetiu o resto, que ainda não esquecera:

Ronca a tataíra,
Faz boca o limão,
Zôa o sanharão,
Trabalha a jandaíra,
Busca flor a cupira,
Faz mel o enxu,
Zôa o capuchu,
Vai à fonte a jati,

Capeia o enxuí,
Faz mel a uruçu.

Mas depois que acabaram os versos do cego Lula, Antônio Leite voltou-se para o irmão e disse:

— Sabe, José, por que naquele dia, antes da festa de ano, eu apanhei tanto de pai?

— Porque ele te mandou fazer qualquer coisa e tu ficaste bestando e não fizeste.

— Isso foi o que ele disse, mas não foi isso, não.

— Entonces foi o quê?

— Ele foi atrás de mim e de vô. E encontrou a gente bebendo mel, na pedra grande, mel que vô encontrou na imburana............Eu tava com raiva de pai porque ele tinha batido muito em mãe. Porque ele te batia muito também. Aí ele chegou, até sorriu pra mim, mas eu disse pra ele: "O senhor é muito ruim. Só faz bater". Pai me olhou com raiva, me chamou de atrevido e disse: "Repita que eu lhe arranco o couro". Aí eu disse: "O senhor é muito ruim, não gosta de ninguém". Vô ficou calado e ele me bateu sem dó. Mas eu não chorei e ele gritava pra eu chorar. Mas eu morria e não chorava, José, e ele batia, até que vô disse: "A gente tava comendo mel de abelha-limão. O mel fez mal a ele, já tá bom, meu filho, ele já teve ensino". Pai olhou pra vô atarantado, mas me jogou no chão e disse: "Agradeça a seu avô".

— Tu és mesmo doido, Tom, doidinho.

— Mas eu não tinha bebido mel de limão, não. Vô disse aquilo mode ele não me bater mais. Por isso eu gostava tanto de vô, gostava mais dele do que de pai. De pai eu nunca consegui gostar sem ranço.

— E por que tu estás me dizendo isso?

— Não sei, às vezes a gente tem que falar até do que mais tem vergonha.

— Eu sei.

— Eu depois me arrependi daquilo. É que pai gostava tanto de mim, mas eu não gostava dele o tanto que ele gostava de mim. Eu achei que aquilo era pecado.

— Não gostar de quem gosta da gente?

— É. E eu também percebi que pai quase chora. Que eu magoei pai.

— Pai chorar? Pai não chora, Tom.

— Ele não chorou. Eu também não chorei. Sabe, José, eu acho que de vez em quando a gente deve chorar, ser como tu, ter coragem de chorar, de pôr a boca no mundo, abrir o berreiro. Eu queria ser como tu.

— Como eu. Tu és doido mesmo, Tom, o que que eu tenho de mais?

— Tu és bom, José. Eu complico tudo.

— Pois eu queria ser como tu. Se eu fosse como tu, Rio Preto já tava morto.

— Ele tá morto e não sabe.

— Tom, tu já reparaste que a conversa da gente sempre termina do mesmo jeito?

— Já.

— E faz quase três anos isso.

— Eu nem barba tinha direito.

— Continua sem ter.

— Mas tenho mais do que tinha, queria ter uma barbona como aquela do Seu Carnolino.

— Tom?

— O que é?

— Já esqueceste de Catarina?

— Não, mas ela não me faz mal, é só uma lembrança boa.

E Antônio Leite sorriu apaziguado, como se a tivesse possuído, por isso mesmo José Leite achou melhor não falar da rapariga que abriu as pernas pra ele em Catingueira, porque não queria brigar com o irmão.

[LXIII]

Não demorou muito para que os irmãos chegassem a Várzea Redonda, e ali as coisas se precipitaram, pois ainda à noite ouviram alguns matutos que conduziam burros e mangalhos para a feira.

De manhã muito cedo, seguiram para lá e no caminho perguntaram a um almocreve onde ficava o sítio de Ponciano Antero.

O homem, que puxava um burro com as cangalhas cheias de jerimuns, sorriu e disse:

— Ensino não.

— Mas por quê?

— Aquilo é um cavalo batizado, vai judiar dos dois.

Fora Antônio Leite quem perguntara, porém, diante da negativa do homem, José Leite fingiu desesperar-se e disse:

— Entonces a gente vai morrer, porque caso a gente chega em casa sem o gibão de pele de veado que pai pediu, ele nos esfola vivo.

O homem sorriu outra vez e perguntou:

— Acaso os dois vêm de muito longe?

— De Baixa Verde — respondeu Antônio Leite e acrescentou: — Fica no Pajeú.

— É longe?

— É.

— Vou explicar, mas depois não digam que "Santo Antõi me enganou". Ponciano é bom artista, mas é cabra ignorante.

E só assim, feita a advertência, dado o aviso, o homem explicou todo o caminho e os rapazes prestaram muita atenção, até o ponto em que ele falou do mulunguzeiro, porém fingiram atenção ao resto também. Então agradeceram e seguiram como se fossem pra lá, mas deram uma grande volta e retornaram à furna onde tinham passado a noite.

Em todo esse arrodeio, José Leite, irrequieto e impaciente, perguntava o porquê daquilo tudo ao irmão, mas Antônio Leite só repetia:

— Cala tua boca, José.

Quando finalmente voltaram ao ermo onde tinham dormido, uma lapa, uma latada de pedra, Antônio Leite disse:

— José, de hoje não passa, vamos ficar aqui até anoitecer, comer bem, dormir um bocadinho, conferir os clavinotes e, assim que escurecer, nós partimos. Chegando lá, se escondemos o mais perto da casa que for possível, que dizem que Rio Preto é madrugador, aí é ele acordar e levar chumbo.

— E se nos descobrirem? E se ele não for o primeiro a acordar?

— A gente espera; agora escuta, do mulunguzeiro até lá fique calado, e quando a gente tiver dado fim à vida de Rio Preto, vamos fazer o caminho de volta mudos, até o muluguzeiro.

— Vamos voltar pra cá?

— Não, do mulunguzeiro a gente vai em direção à serra e aí volta pra casa.

— Deus tomara, Tom, Deus tomara.

— Outra coisa, a gente atira e vai embora, entendeu?

José Leite, como um aluno diante de um professor severo, balançou a cabeça de cima pra baixo e de baixo pra cima e respondeu:

— Entendi, sim, Tom.

[LXIV]

Quando a noite tomou conta do mundo, embora o escuro não fosse tão escuro porque a lua estava quase cheia e as estrelas brilhavam, os irmãos partiram da furna onde tinham permanecido por um dia inteiro. José Leite impaciente e Antônio Leite taciturno como boi modorrento.

Partiram os dois, resolutos, quase não conversavam. Antônio Leite ia à frente, José Leite o seguia, atentos a tudo; cada músculo do corpo deles, disposto; cada nervo, vigilante; cada pensamento, vazio, pois era como se os dois existissem apenas para dar cabo de Rio Preto.

Estavam como se estivessem em outro mundo, tão atentos, tão dispostos a pôr fim àquela agonia, até que avistaram o enorme mulunguzeiro florido, com aquelas flores vermelhas, sanguíneas, em meio à solidão da estrada.

Antônio Leite sorriu, José Leite se benzeu, pois agora era matar ou morrer.

Ao chegar ao enorme pé de árvore, tomaram o caminho do sítio da amásia de Rio Preto e seguiram; passo apressado, mas como haviam aprendido a andar sem fazer barulho, só seriam notados por gente muito precavida ou por rastejadores.

E muito antes do que esperavam, pois a vontade de terminar logo com aquela agonia, matar Rio Preto ou se desgraçar de vez, os fez andar ainda mais depressa do que supunham, enxergaram a casa.

Seria a casa que buscavam?

E se fosse, Rio Preto lá estaria?

Eles não se preocuparam com isso.

Aproximaram-se com cautelas de assaltantes, a rodearam completamente e resolveram se esconder entre umas moitas de mofumbos, que ficavam perto de um chiqueiro, onde porcos, àquela hora, dormiam.

Lá montaram a emboscada e esperaram.

Não pensavam em nada e, quando pensavam, respiravam sem pressa, e de novo não pensavam em nada, pois a mente e os músculos tinham uma só ordem: atirar em Rio Preto.

Esperaram e alta noite, talvez início da madrugada, um homem alto, negro, forte e bonito saiu da casa e olhou para os lados. Tudo indicava que ia descomer o que comera na véspera.

Antônio Leite olhou pra José Leite, que fez mínimo gesto de cabeça que confirmava quem era.

Porém, nesse instante, um porco roncou e Rio Preto pensou: "Porco não ronca uma hora dessas". Olhou para o céu e disse a si mesmo: "O sete-estrelo ainda tá alto, será que são os meninos de Francisco Leite"?

Riu do que pensou e satisfeito, com sua voz cheia de vida, olhou para o chiqueiro e os mofumbos e disse:

— Vão para casa, meninos.

E levou duas cargas de chumbo, que atravessaram seu corpo, da cintura até o rosto largo e bonito.

Antônio Leite atirou novamente e, desta vez, mirou na cabeça do homem já caído, depois partiu, em silêncio, acompanhado do irmão e temeroso da perseguição dos comparsas de Rio Preto, mas estes, surpresos com a ousadia e pensando que a casa estivesse cercada por uma tropa, se trancaram e cuidaram de se posicionar para defendê-la da melhor forma possível, razão pela qual, quando intuíram que não havia força nenhuma, já era tarde, e os meninos iam longe, porém sempre em silêncio.

Os dois caminhavam em silêncio, o passo a cada passo mais seguro e mais rápido. Queriam falar, mas não podiam, sorriam sem fazer barulho, andavam cada vez mais depressa para dar vazão a toda aquela alegria.

Antônio Leite e José Leite eram os reis do mundo.

Avistaram o mulunguzeiro florido e quase quebravam o pacto, mas não quebraram, seguiram o combinado até que, ao passarem pela árvore que os saudava com o sangue de suas flores, como era lícito, de imediato riram e pularam, se abraçaram e se empurraram, rolaram no chão, se perseguiram, cabritearam, pinotaram, e tão rápido, tão depressa falaram, que pouco do que falavam entendiam.

Antônio Leite, então, chegava a babar de tanta alegria. Os

irmãos não cabiam em si de tanto contentamento, derrubariam uma floresta inteira, atravessariam a nado o mar Oceano, cavariam uma mina, engravidariam todas as mulheres e as cabras e as vacas da Ribeira, e era assim que subiam a serra, e lá da serra não mais se contiveram e gritaram:

— Matamos, Tom, matamos aquele negro desgraçado, aquele pacote de bosta. Ele foi dar bom dia ao cão. Pai deve tá feliz.

— Matamos, José. Era ele mesmo, José?

— Era, Tom, e agora ele tá com mais buraco que queijo de coalho.

— Quem mandou se meter com os Leite?

— Com os Leite não se brinca. Lascou-se.

— Lascou-se.

— Tom, quando eu passei pelo mulunguzeiro, meu coração chega mudou a pancada.

— Eu disse, José, eu disse que ele tava morto e não sabia.

— Eu vou voltar pra casa, quero ver mãe. Pai, ô pai, nós matamos Rio Preto, seus filhos servem pra alguma coisa, matamos, pai, o negro. Nós matamos ele.

— Matamos, pai, matamos quem lhe matou. Matamos quem lhe tirou a vida.

— Vingamos o senhor. Vingamos mãe.

— Matamos aquele nego safado e ele soube quem era, vai contar a história no inferno.

E Antônio Leite chorou.

— Que é isso, Tom?

— Ora, José, tá chovendo.

José Leite também chorou que soluçava e depois de muito tempo respondeu:

— É mesmo, Tom, tá chovendo, teu rosto tá todo molhado.

— Vamo contar à mãe que pai já sabe. Pai, nós matamos ele! — gritou.

E depois de alguns minutos de silêncio, enquanto se aquietavam por dentro, Antônio Leite disse:

— Sabe, José, se eu fosse cantador ou soubesse escrever, eu contava a história dessa noite.

— E como é que seria?

— Eu só sei o começo. Começava assim: "Na bela noite clara a lua brilha".

— Na bela noite clara a lua brilha seria bonito, Tom.

Nota do autor

Rio Preto existiu. Quanto a isso não há dúvida, porém sobre ele correm notícias desencontradas. As de que tive conhecimento vieram da leitura de *Flor de romances trágicos* e *Vaqueiros e cantadores*, de Câmara Cascudo; *Heróis e bandidos*, de Gustavo Barroso; e *Cantadores*, de Leonardo Mota.

Porém, há passagens do texto que, embora atribuídas a outrem, na realidade não são daqueles a quem se atribuem; portanto, o sermão atribuído ao padre mestre frei Serafim de Abruzzo, na realidade, foi retirado da *Missão abreviada*, do padre Manoel José Gonçalves do Couto; a moda tristonha cantada por Antônio Leite foi composta por Evenor Pontes e Luiz Assunção; a longa sátira contra os negros não é de Luís Trapiá, eu a transcrevi do livro *Vaqueiros e cantadores*, de Câmara Cascudo, que, por sua vez, a transcreveu "e emendou" do volume *Cantadores*, de Leonardo Mota; as quadrinhas repetidas à exaustão por José Leite quando deixou a fazenda Carnaúbas, do Major Marcolino, são anônimas e foram por mim coligidas do volume *Heróis e bandidos*, de Gustavo Barroso, e adaptadas para as circunstâncias do romance; os versos sobre a criação do mundo, atribuídos a Futrica, foram também transcritos de *Vaqueiros e cantadores*, de Câmara Cascudo, embora sejam anônimos e existam algumas variantes; a mesma coisa ocorre com os versos salientes, atribuídos ao cego Lula, que foram compilados do livro *O povo, o sexo e a miséria ou o homem é sacana*, de Liêdo Maranhão. Por fim, os versos sobre as abelhas foram retirados do folheto *Suspiros de um sertanejo*, de Leandro Gomes de Barros.

O mais é fabulação.